村上春樹にご用心

内田 樹
Uchida Tatsuru

アルテスパブリッシング
ARTES

目次

はじめに――ノーベル文学賞受賞のヴァーチャル祝辞　9

1　翻訳家・村上春樹

極東のアヴァター――『羊をめぐる冒険』と『ロング・グッドバイ』　14
すぐれた物語は身体に効く　18
『キャッチャー・イン・ザ・ライ』を読む　23
お掃除するキャッチャー　26
翻訳とは憑依することである　31

2　村上春樹の世界性

「父」の不在　36
『冬のソナタ』と村上春樹　42

『冬ソナ』と『羊をめぐる冒険』の説話論的構造　44
霊的な配電盤について　54
フッサール幽霊学とハイデガー死者論　57
After dark till dawn　63
無国籍性と世界性　71
パリで「かえるくん、東京を救う」を読む　74
フランス語で読む村上春樹　77
太宰治と村上春樹　79

3　うなぎと倍音

身体で読む　96
読者のとりつく島　100
倍音的エクリチュール　105

うなぎくん、小説を救う　114
ランゲルハンス島の魔性の女　121
村上文学における「朝ご飯」の物語論的機能　125
比較文学とは何か？　136

4　村上春樹と批評家たち

食欲をそそる批評　156
村上春樹恐怖症　160
なぜ村上春樹は文芸批評家から憎まれるのか？　167
「激しく欠けているもの」について　173
詩人と批評家　185
批判されることについて　192
ニッポンの小説は再生できるか　198

5　雪かきくん、世界を救う

村上春樹とハードボイルド・イーヴル・ランド　204
ハーバーライトを守る人　212
三大港町作家　216
アーバンとピンボールの話　221
三〇～四〇代の女性に薦める一作――『神の子どもたちはみな踊る』　225
ふるさとは遠きにありて思ふもの　227
一〇〇パーセントの女の子とウェーバー的直感について　235

あとがき　247

装丁　岩郷重力
イラストレーション　フジモトマサル

村上春樹にご用心

はじめに――

ノーベル文学賞受賞のヴァーチャル祝辞

村上春樹さんがノーベル文学賞を受賞した。『風の歌を聴け』以来の長い読者としては欣快の至りである。祝辞に代えて、この機会にどうしても言っておきたいことがあるので、それを書かせてもらう。それはなぜ日本の文芸批評家たちの多くがこの「世界文学」をこれまで無視ないし否定してきたのかという疑問である。

日本の批評的知性を代表する（はずの）蓮實重彦は以前『すばる』に「村上春樹作品は結婚詐欺だ」と書いたことがある。そして、「村上春樹は読むな」という不可解な結論を記していた。一人の作家を名指しして「この作家の書いた本は読むな」というのは批評家の節度を超えた発言だろう。自分の批評が正しいことを証明するためには「いいから騙されたと思って読んでご覧なさい。私の言う通りだから」と言うのが筋ではないだろうか。

去年（二〇〇五年）の暮れの毎日新聞では、松浦寿輝が『東京奇譚集』にこれもまた不思議な批判を加えていた。

「言葉にはローカルな土地に根ざしたしがらみがあるはずなのに、村上春樹さんの文章には土も血も匂わない。いやらしさと甘美さとがないまぜになったようなしがらみですよね。それがスパッと切れていて、ちょっと詐欺にあったような気がする。うまいのは確かだが、文学ってそういうものなのか。」

「詐欺」というのは奇しくも蓮實が村上文学を評したときの措辞と同一である。松浦に応じて、川村湊は「インドの大学院生たちも『違和感がない』と言っていた」点を村上文学の瑕疵《かし》として挙げていた。そのことがどうして文学の「世界性の指標」ではなく、「地方性の欠如」として指弾されなければならないのか、私にはよく理解できない。「ローカルな土地に根ざしたしがらみ」に絡め取られることは、それほど文学にとって死活的な条件なのだろうか。

私見によれば、村上文学が世界各国に読者を獲得しているのは、それが国境を超えて、すべての人間の心の琴線に触れる「根源的な物語」を語っているからである。他に理由はあるまい。

村上文学はひとつの「宇宙論」だと私は思っている。「猫の手を万力で潰すような邪悪なもの」（『1973年のピンボール』）に愛する人たちが損なわれないように、「境界線」に立ちつくしている「センチネル（歩哨）」の誰にも評価されない、ささやかな努力。それを描くのが村上文学の重要なモチーフの一つである。

「センチネル」たちの仕事は『ダンス・ダンス・ダンス』で「文化的雪かき」と呼ばれた仕事に似ている。誰もやりたがらないけれど誰かがやらないとあとで他の人たちが困るような仕事を、特別な対価や賞賛を期待せず、黙って引き受けること。そのような「雪かき仕事」を黙々と積み重ねているものの日常的な努力によって「超越的に邪悪なもの」の浸潤はかろうじて食い止められる。政治的激情や詩的法悦やエロス的恍惚は「邪悪なもの」の対立項ではなく、しばしばその共犯者である。この宇宙的スケールの神話と日常生活のディテールをシームレスに接合させた力業に村上文学の最大の魅力はある。それを世界各国語の読者とともに享受できることを私は深く喜びとするのである。

註：これはある新聞社から二〇〇六年の十月、ノーベル賞受賞者発表の前日に依頼された「村上春樹氏ノーベル文学賞受賞についてのコメント」である。「発表されてからじゃダメなんですか？」と訊いたら、紙面のつごうで予定原稿がどうしても欲しいということで「ヴァーチャル原稿」を書いたのである。結果的には使われなかったが、できたらそのうちにこのままのかたちでほんとうに新聞に掲載される日が来ることを私は望んでいる。

1

翻訳家・村上春樹

また風邪を引いてしまった。げほげほ。

ほんとに蒲柳《ほりゅう》の質である。免疫力が低下しているということであり、要するに疲れているんですね。

あまりに仕事が多いから。

新規の仕事は全部断っているのであるが、インタビューはぺらぺら話すだけで終わりだから大丈夫だろうと思って次々に引き受けてしまったが、やはりそのあとに「ゲラ」というものが来て、これを校正しなければならない。

たしかに「そういうこと」は言ったのだが、そういう文脈じゃなかったでしょ……とか、「そういう内容のこと」は言ったけれど、そういう言葉づかいはしてないでしょ……とか、いろいろ屈託がある。

あまりばっさり直すと、まとめた編集者だって「むっ」とするだろうから、できれば手を入れずに済ませたいのであるが、なかなかそうもゆかない。

これまでのベスト・インタビューは橋本麻里さんと大越裕くんのもので、これはインタビューを読んだ私自身が「このウチダって、おもしろそうな人だなあ、僕も会ってみたいなあ」と思ったくらいである。ということは、やっぱり「私とは別人」についてのインタビューだったということなのだが、読んだ私が「こんなえらそうなことを言うやつには会いたくないな」と思うのとはだいぶ差がある。

そんなインタビュー記事がどかどかとまとめてやってくるのでさくさくと校正してゆく。げほげほと咳き込みながらのお仕事であるから、けっこう気疲れなことである。いよいよ絶不調となったので、あきらめて夕方からパジャマに着替えて風邪薬を飲んで、蒲団にもぐりこむ。

目が醒めると夜の八時である。退屈なので、寝床の中で村上春樹訳『ロング・グッドバイ』を読む。五七九頁もあるので、片手では持てないくらい重い。

清水俊二訳『長いお別れ』はたぶんこれまでに五回くらい読んでいるけれど、この新訳はそれとの違和感がまるでない。

驚くべきことに、清水訳は実は「抄訳」だったそうである。

知らなかった。だから、村上訳を読んでいると「おや、これははじめて読む場面だ……」というのに何度もでくわす。劇場公開版を見たあとに、「ディレクターズ・カット版」を見るような感じである。なるほど、チャンドラーはこういう細部に「こだわり」があったのか……ということがよくわかる。

そして、読んでいるうちに（ある意味、当然のことだったのだが）、『ロング・グッドバイ』

って、まるまる『グレート・ギャツビー』じゃないか……ということに気がついた。

これまで五回くらい清水訳で読んでいて、そのときには『ギャツビー』と同じ話だなんて一度も思ったことがなかったのに、村上訳で読んだらすぐに同じ話だということに気づいた。

これについては村上春樹自身が「あとがき」でていねいに解説をしているので、「なんだ、後知恵か」と思われそうだけれど、ほんとに読んでいる最中からずっとそう思っていたのである。

途中からは、「だとすると、アイリーンがデイジーで、ロジャー・ウェイドがトム・ブキャナンなんだ」というふうに当てはめながら読んでいたのである。

アイリーンとテリー・レノックスの関係は、デイジーとジェイ・ギャツビーの関係とまったく同じである。ギャツビー＝レノックスがデイジー＝アイリーンの犯した「殺人」の罪を着て「死ぬ」ことで空虚な恋に結末をつけるという結構も同じである。

そして、物語の最後、テリー・レノックスが変装してフィリップ・マーロウの事務所にやってきて、二人の間で最後の会話が始まったときに、僕はテリー・レノックスがどこで「ねえ、君はいつから僕だってことがわかっていたんだい？」という台詞を口にするんだろうとわくわく期待しながら読み進んでいるうちに、そんな台詞は『ロング・グッドバイ』には存在しないことに気がついた。

だって、それは『羊をめぐる冒険』のラストシーンで「鼠」が「僕」に言う台詞だったからだ。

「そうだよ。彼の体を借りたんだ。君にはちゃんとわかっていたんだね?」

「途中からさ」と僕は言った。「途中まではわからなかったよ」

(『羊をめぐる冒険㊦』、講談社文庫、一九八五年、二〇六頁)


ああ、そうだったのか。『羊をめぐる冒険』は村上版の『ロング・グッドバイ』だったんだ。運転手のエイモス(T・S・エリオットの詩についてマーロウと論じ合う、ディセントな運転手)は「いわし」の命名者である「宗教的運転手」とまるで同一人物だし、「先生」はハーラン・ポッターだし、「黒服の秘書」の相貌はドクター・ヴェリンジャーのところにいる伊達男「アール」とウェイド家のハウスボーイ「キャンディ」に生き写しだ。

どうして村上春樹がアメリカで高いポピュラリティを獲得したのか、その理由の一つがそのときわかった。

村上春樹の小説はアメリカ人がおそらくもっとも愛しているこの二つの小説の世紀末東アジアに出現した奇跡的なアヴァター(変身)だったからである。

2007.3.20

すぐれた物語は身体に効く

村上春樹訳『キャッチャー・イン・ザ・ライ』が刊行されたので、買い求めにジュンク堂へ行こうとしたら、西宮北口の駅構内の書店にすでに山積みされていた。すごい。

今日一日ですでに何十万部という桁で売れたのであろう。「初日売り上げ記録」で白水社史上最高をマークしたのではないだろうか。

遠からず出るはずの村上訳の『ギャツビー』も満都の読者が待望しているものであるが、これはおそらく発売初日でミリオンセラーを記録するであろう。活字離れと言われて久しいけれど、「いざとなったら文学くらい読むわよ」という潜在的な読者はこれだけ大量におられるのである。その掘り起こしに成功していないとしたら、それは書く側の責任である。

「読者がバカだから」というような不毛な言い訳をするのは止めよう。そりゃ、たしかに「バカ本」は山のように出ているし、それを買って読む読者も山のようにいるのは事実である。しかし、読者だって、それを「素晴らしい本だ」と思って読んでいるわけではない。ろくでもない本だけど、ま、こんなんでも読むか……という醒めた気分で読んでいるのである（と思う）。

村上春樹訳『キャッチャー』の快挙によって、今後さまざまな「旧譜再版」ブームが起こる、とウチダは予測している（すでにインターネット上ではさまざまなプロジェクトが走っているが）。いずれ「じゃあ、『ドン・キホーテ』を新訳で出したい」とか「『ボヴァリー夫人』を改訳したい」とか言い出す若い文学者が出てくるだろう。

そうなってくれるとよいのだが。

私自身は『異邦人』の新訳を出したいと思っている。原文のあの疾走するようなグルーヴ感を日本語に載せてカミュを読んでみたい。

その『キャッチャー』を買ったら、「おまけ」として村上春樹と柴田元幸の対談の載った「出版ダイジェスト」をもらった。この中でとても重要なことを村上春樹は語っている。

極端なことを言ってしまえば、小説にとって意味性というのは、そんなに重要なものじゃないんですよ。大事なのは、意味性と意味性がどのように呼応し合うかということなんです。音楽でいう「倍音」みたいなもので、その倍音は人間の耳には聞き取れないんだけど、何倍音までそこに込められているかということは、音楽の深さにとってものすごく大事なことなんです。（……）温泉のお湯につかっていると身体が温まりやすいのと同じで、倍音の込められている音というのは身体に残るんですよ、フィジカルに。でも、それがなぜ残るかというのを言葉で説明するのは、ほとんど不可能に近いんです。それが物語という機能の特徴なんですよね。すぐれた物語というのは、人の心に入り込んできて、そこにしっかりと残るんだけど、それがすぐれてない物語と機能的に、構造的にどう違うのかというのは、ちょっと言葉では説明できない。

（『出版ダイジェスト』二〇〇三年二・三月号、出版梓会）

村上のこの発言の中の「小説」を「映画」に置き換えると、これは私が『映画の構造分析』で言おうとしていたこととほとんど変わらない。

すぐれた物語は「身体に効く」。ほんとにそうなのだ。「物語は身体に効く」。だから、私たちは「物語を身体で読む」。三浦雅士や橋本治や養老孟司も、それと同じことを別の言葉で伝えようとしている（と思う）。でも、彼らを除くと、身体と物語の関係をきちんと言語化しようとしている批評家はとても少ない。

『キャッチャー』を私はまだ読み始めていないけれど、この仕事を通じて、村上春樹は日本の文学（とくに批評のあり方）に激しい衝撃を与えることになると思う。

それは前衛性とか政治意識とかエロスとか文体がどうたらとかいう水準のことではなく、物語を読むときの「読み手の構え」そのものを変えてしまうような一撃になるような気がする。

村上春樹は「翻訳」をした。

それは彼自身の言葉を使えば「他人の家の中にそっと忍び込むような」（『村上春樹、河合隼雄に会いにいく』）経験である。同じく翻訳を業とする者として、この感じはよく分かる。

それはいわば「自分の頭」をはずして、自分の身体の上に「他人の頭」を接ぎ木するような感じのする経験である。ふつうの人は逆のことを考えるかも知れない。他人の身体に自分の頭を接続するさまを想像するかも知れない。

そうではないのだ。他人の頭に自分の身体を接続するのである。

だって、自分の頭をもってしては他人の頭の中で起きていることを言語化することができないからだ。けれども、自分の身体は他人の頭から送られる微弱な信号でも感知することができる。頭は「意味」しか受信できないけれど、身体は「意味以前」のものでも受信できる。頭は「シグナル」しか理解できないけれど、身体は「シグナルになる以前のノイズ」を聴き取ることができる。

他人の頭から送られてくるのは、輪郭のくっきりした語や文ではない。ノイズである。ある種の波動であると言ってもいい。その波動を私の身体が受け止める。すると、その波動と共振する部位が発生する。「何か」がその波動と干渉し合って、震え始め、響きを発し始める。とりあえずその響きは私の身体の内側で起きている私の出来事である。私自身の骨や神経や細胞が現に動いて、その共振音を出しているのである。自分自身の身体が発しているノイズであれば、それをシグナルに変換することはできる。

おそらくそれが翻訳という仕事の本質的な構造なのだと私は思う。

自分の身体を他者の頭脳に接続して、身体に発生する「ざわめき」を忍耐づよく聴き取って、それを自分の脳にもわかる言葉に置き換えてゆく。

この翻訳者の構えはもっともオープンハーテッドな読者の構えに通じている。

村上春樹は同時代の作家の中で例外的に大量かつ長期的に翻訳を行なってきた作家である。

おそらく、それによって彼は、物語が発信する、可聴音域を超えた響きを聴き取ることのできる身体感受性を作り上げていったのだと私は思う。

2003.4.14

『キャッチャー・イン・ザ・ライ』を読む

今この瞬間に日本中で、『キャッチャー』を読んでいる人間が何十万人かいると思うと、ふしぎな気がする。文学作品を読んで、そういう「みんなとリアルタイムで享受している」というヴァーチャル同時代感覚を覚えるということって、ほとんどないから。

すばらしい翻訳である。なにしろ村上春樹の「新作」を読んでいるとしか思えないんだから。でも、ホールデンのニューヨークでの「地獄巡り」の、あの墜落するようなドライブ感は村上自身の作品には見られないものだ。はじめはゆっくり、だんだん急坂を転げ落ちるように、ホールデンは狂ってゆく。

「狂ってゆく語り手」の一人称で書かれたテクストという小説の結構そのものは珍しいわけではないけれど、これだけ主人公に共感してしまうとこの墜落感は怖い。

そういえば、レオナルド・ディカプリオくんの初期の佳作『バスケットボール・ダイヤリーズ』は『キャッチャー』に少し似た話だった。でも、『バスケットボール』の主人公は「ドラッグ」と歪んだ家庭環境という外的要因のせいで崩れてゆく。それに対してブルジョワのお坊っちゃんで、ハンサムで、知性的なホールデンは一〇〇パーセント内的な理由で壊れてゆく。どっちの壊れ方が怖いか、といったら、もちろんホールデンの方が怖い。

高校生だったウチダは「デリカシーの受難」という説話構造がキライだったので（『トニオ・クレーゲル』とかさ）、『キャッチャー』にもちょっとうんざりして、それっきりだったんだけれど、四十年たって読み返してみたら、これがみごとな「アメリカン・ホラー」だったんだよね。

いや、参った（と、すでに文体が村上訳サリンジャーに影響されているんだな、これが）。

NTT出版の「インターコミュニケーション」という雑誌の取材があって、二時間ほど身体論についてのインタビューを受ける。

武道と文学と哲学は「生死の境界線」での「ふるまい方」を主題とする点が共通しているという説を語る。

「死ぬ」というのが「隣の家に行く」ような感じになること、それが武道においてはとてもたいせつなことだ。

それは必死に武道の稽古をして胆力を練ったから死をも恐れぬ精神に鍛え上がったということではない（そんなことは残念ながら起こらない）。話は逆で、「生死のあわい」におけるふるまい方について集中的に探究する人間は、自分がどれくらいその「ふるまい方」に習熟したのかを武道を通じて「チェック」することができる、ということなのだ。

「死ぬ」というのが「ちょっと、隣の家に行くような」感じになることは子供にも起こる。そういう子供はすごく危険な存在だ（本人にとっても周囲にとっても）。

だから、子供にはまず死を怖れさせる必要がある。

その教育の甲斐あって、私たちはみんな死を怖れるようになる。でも、成熟のある段階に来たら、死とのかかわり方を「元に」戻さないといけない。「元」というのは、死者は「すぐそばにいる」という感覚を取り戻すことだ。ある種のコミュニケーション・マナーをていねいに践《ふ》むならば死者と交感することは可能だという、人類の黎明期における「常識」を回復することだ。

別にオカルトの話をしているわけではない。これが本来人類の「常識」なのだ。ただ、その「常識」を子供たちに段階的に教える教育制度がもう存在しなくなってしまったというだけのことである。

武道と文学と哲学はそのための回路なのだけれど、「そういうふうに」武道の稽古をしたり哲学書を訳したり小説を読んだりしている人は、もうあまりいない。

社会学者の書いたものがあまり面白くないのは、あの人たちは「生きている人間」の世界にしか興味がないからである。霊能者の書いたものがあまり面白くないのは、あの人たちは平気で「あっち側」のことを実体めかして語るからだ。「こっち」と「あっち」の「あわい」でどうふるまうのが適切なのか、ということを正しく主題化する人はほんとうに少ない。

村上春樹は（エマニュエル・レヴィナスとともに）その数少ない一人である。

2003.4.16

お掃除するキャッチャー

煤払い二日目。

今日は寝室、廊下、トイレ、洗面所、風呂場の掃除。

寝室は別にそれほど散らかっているわけではないが、絨毯に綿埃が目詰まりしているので、それを歯ブラシでこそぎ出す。

床にぺたりと腰を下ろしてビーチ・ボーイズの『ペット・サウンズ』を聴きながら、絨毯を小さな歯ブラシでそぎそぎする。

もう年の瀬なのね……と、なぜか「おんなことば」になる。

どういうわけか知らないが、大量のアイロンかけをしたり、老眼鏡をかけて半襟をさくさく縫いつけたり、総じて「床にぺたりと腰を下ろして」家事をしていると気分が「母」になる。「ふう」とつくため息もなぜか湿気を帯び、針仕事の針は無意識に髪の毛の脂を探り、疲れてくると片手が襟元に延びて軽く衣紋を抜くしぐさまで、どこから見ても『麦秋』の杉村春子か『晩春』の高橋豊子である。

いつのまに私の中にこのような身体運用の「文法」が刷り込まれたのであろう。

この家事労働をつうじて生じる身体的なジェンダー・シフトはフリー・フォールするエレベ

ーターの落下感に似たものがあり、「母」になった私は世俗のくさぐさのことが急にどうでもよくなってしまう。この「わしどうでもええけんね」感を私は深く愛するのであるが、この「母っぽい気分」が好きという家事の身体感覚をわかってくれる男性は少ない（私の知る限り、鈴木晶先生くらいしかいない）。

寝室からずるずると平行移動して、次はトイレと洗面所の床を磨く。遠目でみるときれいな洗面所の床も、隅の方には綿埃と髪の毛と洗剤の粉が凝固したかなりタフなゴミが付着している。

そぎそぎ。

『エマ』を読むと、こういう「雪かき」仕事はぜんぶ「メイド」がしている。ご主人さまたちはご飯をたべたり、葉巻を吸ったり、散歩をしたり、情事に耽ったりしている。

だが、こういう仕事をまったく経験しないまま一生を終える人間は、「何か」に触れ損なったことにはならないのだろうか。

家事は「シジフォス」の苦悩に似ている。どれほど掃除しても、毎日のようにゴミは溜まってゆく。洗濯しても洗濯しても洗濯物は増える。私ひとりの家でさえ、そこに秩序を維持するためには絶えざる家事行動が必要である。少しでも怠ると、家の中はたちまちカオスの淵へ接近する。だからシジフォスが山の上から転落してくる岩をまた押し上げるように、廊下の隅にたまってゆくほこりをときどき掻き出さなければならない。

洗面所の床を磨きながら、「センチネル」ということばを思い出す。人間的世界がカオスの淵に呑み込まれないように、崖っぷちに立って毎日数センチずつじりじりと押し戻す仕事。

家事には「そういう感じ」がする。とくに達成感があるわけでもないし、賃金も払われないし、社会的敬意も向けられない。けれども、誰かが黙ってこの「雪かき仕事」をしていないと、人間的秩序は崩落してしまう。

ホールデン・コールフィールド少年は妹のフィービーに「好きなこと」を問われて、自分がやりたいたったひとつの仕事についてこう語る。

だだっぴろいライ麦畑みたいなところで、小さな子どもたちがいっぱい集まって何かのゲームをしているところを、僕はいつも思い浮かべちまうんだ。何千人もの子どもたちがいるんだけど、ほかには誰もいない。つまりちゃんとした大人みたいなのは一人もいないんだよ。僕のほかにはね。それで僕はそのへんのクレイジーな崖《がけ》っぷちに立っているわけさ。で、僕がそこで何をするかっていうとさ、誰かその崖から落ちそうになる子どもがいると、かたっぱしからつかまえるんだよ。つまりさ、よく前を見ないで崖の方に走っていく子どもなんかがいたら、どっからともなく現れて、その子をさっとキャッチするんだ。そういうのを朝から晩までずっとやっている。ライ麦畑のキャッチャー、僕はただそういうものになりたいんだ。
（J・D・サリンジャー『キャッチャー・イン・ザ・ライ』、村上春樹訳、白水社、二〇〇三年、二八七頁）

高校生のときにはじめてこの箇所を読んだとき、私は意味がぜんぜん分からなかった。何だよ、その「クレイジーな崖っぷち」っていうのはさ。

でも、それから大きくなって、愛したり、憎んだり、ものを壊したり、作ったり、出会ったり、別れたり、いろいろなことをしてきたら、いくつかわかったこともある。

「キャッチャー」仕事をする人間がこの世界には絶対必要だ、ということもその一つだ。

「キャッチャー」はけっこう切ない仕事である。

「子どもたちしかいない世界」だからこそ必要な仕事なんだけれど、当の子どもたちには「キャッチャー」の仕事の意味なんかわからない。崖っぷちで「キャッチ」されても、たぶんほとんどの子どもは「ありがとう」さえ言わないだろう。

感謝もされず、対価も支払われない。でも、そういう「センチネル（歩哨）」の仕事は誰かが担わなくてはならない。

世の中には、「誰かがやらなくてはならないのなら、私がやる」というふうに考える人と、「誰かがやらなくてはならないんだから、誰かがやるだろう」というふうに考える人の二種類がいる。

「キャッチャー」は第一の種類の人間が引き受ける仕事である。ときどき「あ、オレがやります」と手を挙げてくれる人がいれば、人間的秩序はそこそこ保たれる。

そういう人が必ずいたので、人間世界の秩序はこれまでも保たれてきたし、これからもそういう人は必ずいるだろうから、人間世界の秩序は引き続き保たれるはずである。

でも、自分の努力にはつねに正当な評価や代償や栄誉が与えられるべきだと思っている人間は「キャッチャー」や「センチネル」の仕事には向かない。適性を論じる以前に、彼らは世の中には「そんな仕事」が存在するということさえ想像できないからである。

家事はとても、とてもたいせつな仕事だ。

家事を毎日きちきちとしている人間には、「シジフォス」（@アルベール・カミュ）や「キャッチャー」（@J・D・サリンジャー）や「雪かき」（@村上春樹）や「女性的なるもの」（@エマニュエル・レヴィナス）が「家事をするひと」の人類学的な使命に通じるものだということが直感的にわかるはずである。

自分でお掃除や洗濯やアイロンかけをしたこともなく、「そんなこと」をするのは知的労働者にとっては純粋に時間の無駄なんだから、金を払って「家事のアウトソーシング」をすればいいじゃないか……というようなことを考えている「文学者」や「哲学者」たちは「お掃除するキャッチャー」の心に去来する涼しい使命感とはついに無縁である。

2005.12.27

翻訳とは憑依することである

私はこれまでに十二冊の翻訳を出しているが、その原著者の選択はきわめて限定的である。全員「ユダヤ人の男性」なのである。

エマニュエル・レヴィナス、ノーマン・コーン、ベルナール＝アンリ・レヴィ、ジェフリー・メールマン、サロモン・マルカ、アンドレ・ネエール、ロベール・アロン、ヴィクトル・マルカ。レヴィとメールマン以外は全員「ホロコースト」の生き残りである

今回訳した『レヴィナス序説』(国文社、二〇〇〇年)のコリン・デイヴィスがおそらくはじめての非ユダヤ人著者である(本人に確認してないので断言はできないが、たぶん非ユダヤ人だろうと思う)。

これはかなり特異な選択だといわねばならない。

「あ、これ翻訳したい」という欲望に火を付ける本が、つねにそのような限定的な条件を課されているものだということに私自身は最近まで気がつかなかった。

ということは、私はこれまで女性の書いたテクストを翻訳したことが一度もないということである(短いものでさえ)。鈴木晶先生はサラ・コフマン、エリザベス・キューブラー・ロス、エリザベート・バダンテールとか、女性の書き物もばりばり訳しているというのに。

私のこのような態度をして「ジェンダー・ブラインド」といわずして、何と呼ぶべきであろう。でも、ちょっと言い訳をさせていただきたい。

翻訳をする、ということは、ある意味でそのひとに「憑依する」ことである。そのひとの思考回路や感性に共振してゆくことなしには、文章のニュアンスはきちんと訳せない。

翻訳の名手でもある村上春樹は翻訳について、こう書いている。

> 翻訳をやっていると、ときどき自分が透明人間みたいになって、文章という回路を通って、他人（つまりそれを書いた人）の心の中や、頭の中に入っていくみたいな気持ちになることがあります。まるでだれもいない家の中にそっと入っていくみたいに。あるいは僕は文章というものを通じて、他者とそういう関わりを持つことにすごく興味があるのかもしれないですね。
>
> （河合隼雄・村上春樹『村上春樹、河合隼雄に会いにいく』新潮文庫、一九九九年、六〇〜六一頁）

私はこの村上の感じがとてもよく分かる。たぶん、それだからこそ「だれもいない（女の子の）家の中にそっと入っていく」ということに対してはすごくブレーキがかかっているんじゃないだろうか。

それは別に倫理的な意味での規制ではない。「できれば見ずにすませたい」のである。

私が女性の書き手に「憑依した」ときに、私が半世紀にわたって培ってきて（そのまま墓場にもっていくつもりでいる）「女性についての幻想」が取り返しのつかないかたちで損なわれることになるような気がするのである。

私はべつに女性の魂の奥底には暴虐な「ワニマ」が住まっているとか、そういうことを恐れているのではない（ワニマなんて怖くない）。

私の逡巡は、私がおそらく「そこ」に何も見出さないだろうという予感によってもたらされているのである。

2000.7.12

2

村上春樹の世界性

「父」の不在

『ＡＥＲＡ』の取材。お題は村上春樹。

今年（二〇〇六年）六回目になるフランツ・カフカ賞の受賞者はその年のノーベル文学賞に選ばれる確率がたいへん高いので、プラハの新聞は「ムラカミ氏はストックホルム行きの航空券を手配しておいた方がいいだろう」とコメントしている。

先日は村上春樹をめぐる国際シンポジウムが開かれ、世界各国の村上研究者が村上文学の本質について熱い議論を展開した。

しかし、ご存じのとおり、今や日本を代表する世界的文学者である村上春樹について、わが国の批評家のほとんど全員（およびかなりの数の作家）たちが「毛嫌い」ないし「無関心」を示している。世界的な評価とドメスティックな無関心の対比はまことに興味深い。

これを「売れているから嫉妬している」というふうに下世話に解釈することは（かりにそれがかなりの程度まで事実であったとしても）文学的には生産的ではないだろう。やはり、村上春樹を嫌う人々にはそれなりにやむにやまれぬ文学的事情というものがあるに違いないと考える方がよろしいと私は思う。

その「やむにやまれぬ」ドメスティックな事情とは何か。

村上春樹が世界的なポピュラリティを獲得したのは、その作品に「世界性」があるからである。当たり前だね。

では、その「世界性とは何か」ということになると、これについて私はまだ納得のゆく説明を聞いたことがない。そこで私の説を語る。

村上文学には「父」が登場しない。だから、村上文学は世界的になった。

以上、説明終わり。

これでは何のことか分かりませんね。そこで補助線を一本引く。

こんな命題である。

「存在するものは存在することによってすでに特殊であり、存在しないものだけが普遍的たりうる」

これでだいぶ見通しがよくなった。

分析的な意味での「父」は世界中のあらゆる社会集団に存在する。

「父」とは「聖なる天蓋」のことである。

その社会の秩序の保証人であり、その社会の成員たち個々の自由を制限する「自己実現の妨害者」であり、世界の構造と人々の宿命を熟知しており、世界を享受している存在。それが「父」である。

「父」はさまざまな様態を取る。「神」と呼ばれることもあるし、「預言者」と呼ばれることもあるし、「王」と呼ばれることもあるし、「資本主義経済体制」とか「父権制」とか「革命的前衛党」と呼ばれることもある。世界のすべての社会集団はそれぞれ固有の「父」を有している。「父」はそれらの集団内部にいる人間にとっては「大気圧」のようなもの、「その家に固有の臭気」のようなものである。だから、それは成員には主題的には感知されない。けれども、「違う家」の人間にははっきり有徴的な臭気として感知される。

「父」は世界のどこにもおり、どこでも同じ機能を果たしているが、それぞれの場所ごとに「違う形」を取り、「違う臭気」を発している。

ドメスティックな文学の本道は「父」との確執を描くことである。

キリスト教圏の文学では「神」との、第三世界文学では「宗主国の文明」との、マルクス主義文学では「ブルジョア・イデオロギー」との、フェミニズム文学では「父権的セクシズム」との、それぞれ確執が優先的な文学的主題となる。いずれも「父との確執」という普遍的な主題を扱うが、そこで「父」に擬されているものはローカルな民族誌的表象にすぎない。

作家ひとりひとりは自分が確執している当の「父」こそが万人にとっての「父」であると信じているが、残念ながらそれは真実ではない。彼にとっての「父」は彼のローカルな世界だけでの「父」であり、別のローカルな世界では「父」としては記号的に認知されていない。だから、彼が「ローカルな父」との葛藤をどれほど技巧を凝らして記述しても、それだけでは文学的世界性は獲得できない。

私たちは「自分が知っているもの」の客観性を過大評価する。「私が知っていることは他者も知っているはずだ」というのは私たちが陥りやすい推論上のピットフォールである。話は逆なのだ。「私たちが知らないことは他者も知らない」。そういうことの方が多いのである。

私たちが興味をもって見つめるものは社会集団が変わるごとに変わるが、私たちが「それから必死で目をそらそうとしていること」は社会集団が変わっても変わらない。人間の存在論的な本質にかかわることからだけ人間は組織的に目をそらすからだ。

「生きることは身体に悪い」とか、「欲しいものは与えることによってしか手に入らない」とか「私と世界が対立するときは、世界の方に理がある」とか「私たちが自己実現できないのは、『何か強大で邪悪なもの』が妨害しているからではなく、単に私たちが無力で無能だからである」とかいうことを私たちは知りたくない。だから、必死でそこから目をそらそうとする。

でも、そのことを知りたくないので必死で目をそらすということは、自分が何を知りたくないのかを知っているからできることである。知っているけれど、知っていることを知りたくないのである。

だから、人間が「何か」をうまく表象できない場合、その不能のあり方にはしばしば普遍性がある。人間たちは実に多くの場合、「知っていること」「できること」においてではなく、「知らないこと」「できないこと」において深く結ばれているのである。

人間は「父抜き」では世界について包括的な記述を行なうことができない。けれども、人間は決して現実の世界で「父」に出会うことができない。「父」は私たちの無能のありようを規定している原理のことなのだから、そんなものに出会えるはずがないのだ。

私たちが現実に出会えるのは「無能な神」「傷ついた預言者」「首を斬られた王」「機能しない『神の見えざる手』」「弱い父」「抑圧的な革命党派」といった「父のパロディ」だけである。

それでも、私たちはそれにすがりつく。

というのは、「父」抜きでは、私がいま世界の中のどのような場所にいて、何の機能を果たし、どこに向かっているかを鳥瞰的、一望俯瞰的な視座から「マップ」することが出来ないからである。地図がなければ、私たちは進むことも退くことも座り込むことも何も決定できない。

でも、地図がなくても何とかなるんじゃないか……という考え方をする人がまれにいる。

村上春樹は（フランツ・カフカと同じく）、この地図もなく、自分の位置を知る手がかりの何もない場所に放置された「私」が、それでも当面の目的地を決定して歩き始め、偶然に拾い上げた道具を苦労して使い回しながら、出会った人々から自分の現在位置と役割について最大限の情報と最大限の支援を引き出すプロセスを描く。その歩みは物語の最後までたどりついても、足跡を残したごく狭いエリアについての「手描き地図」のようなものを作り上げるだけで終わる。

それはささやかだけれど、たいせつな仕事だと私は思う。

「父」抜きのマップを作ろうと思ったら、自分が歩いた範囲について「これだけはたしかです」という限定的な「手描き地図」をみんなが描いて、それを集めた手作りの「地図帳」を作るしか手だてがない。そして、私と同じように思っている人がきっと世界中にたくさん（それほどたくさんではないかも知れないが）いると思う。

「父のいない世界において、地図もガイドラインも革命綱領も『政治的に正しいふるまい方』のマニュアルも何もない状態に放置された状態から、私たちはそれでも『何かよきもの』を達成できるか？」

これが村上文学に伏流する「問い」である。

「善悪」の汎通的基準がない世界で「善」をなすこと。「正否」の絶対的基準がない世界で「正義」を行なうこと。それが絶望的に困難な仕事であることは誰にもわかる。けれども、この絶望的に困難な仕事に今自分は直面しているという感覚はおそらく世界の多くの人々に共有されていると信じたい。

2006.5.2

『冬のソナタ』と村上春樹

頂いたタケノコをぬかで茹でて、タケノコご飯とタケノコみそ汁を作る。美味である。ぱくぱく食べる。

タケノコご飯を食べているうちに、不意に「『冬ソナ』を見て泣く人間」と、村上春樹ファンはけっこう「かぶる」のではないかという天啓がひらめく。

あながち無根拠な妄想とも言えない。

というのは、先に書いたとおり、村上春樹ワールドは「『父』のいない世界で、『子ども』たちはどうやって生きるのか？」という問いをめぐる物語であり、『冬ソナ』の作劇術もやはり「父を持たない息子」と「父を持たない娘」が、「父の不在」と「父の顕現」が織りなす無数の出来事に翻弄される姿を描くところにあったからである。

チュンサンとユジンがなかなか結ばれないのは、「不在の父」が、まさに不在であるがゆえに「存在するとは別の仕方で」彼らにかかわってくるためである。

「不在であるべき父」がいささかでも現実性を帯びてくるごとに、二人の恋は危機に瀕する。そして、最後にチュンサンの生物学的な父が確定したところで、二人は決定的に離別してしまうのである（これはサンヒョクが主張するように、よくよく考えてみると理解しがたい結論である)。

物語が告げるのは、「父」がいる限り(それが「不在の父」であれ、「父であることを否認する父」であれ、「死んだ父」であれ)、子どもたちは行動の自由を損なわれ、自分の欲望を見誤るということである。

物語の最後において、はじめて「父」は永遠に追放される。それはチュンサンがユジンの設計した家を「模倣」することによって果たされる。このとき、二人を結びつける関係にはもう「上位審級」も、先行する「起源」もない。二人はウロボロスの蛇のようにお互いを模倣し合い、お互いの存在理由を基礎づけあっている。

「韓流ドラマ」とひとくくりにするが、『冬ソナ』はやはりひとつだけ「ものが違う」。だから、世界性を獲得しうるのである。『冬ソナ』ははじめ台湾でブレークして、そこから日本に飛び火した。けれどもこれは日中韓だけの現象ではないだろう。いずれ『冬ソナ』がフランスで大人気とか、ロシアでブレークという話を聴いても、私は驚かない。

2006.5.8

ＢＳＪ（ペ・ヨンジュン・サポーターズ・イン・ジャパン）主宰の第一回日本ヨンヨン学会が京都キャンパスプラザで開催され、私はその栄えある第一回の特別講演を承ることとなった。熱気あふれる会場は男性二名（私ともうひとりスタッフのご夫君）以外は全員女性である。まず開会の挨拶「アンニョンハシムニカ！」を全員で唱和。遠路東京からご参加のお二人に「ヨンヨン巡礼者」の称号、参加最年長者には「本日の最高《チエゴ》尚宮《サングン》さま」の称号が授与される。

さっそく学会発表が始まる。発表は三件。「ヨンジュン・カジョク九類型分類」「冬ソナ一期生の愛と涙の日々」「冬ソナ・サイドストーリーの世界的展開」。

私はすでに日本フランス語フランス文学会、日仏哲学会、日本映像学会のすべてをオサラバしてしまった身である（いま会員名簿に名前が残っているのは日本ユダヤ学会のみ）。どの学会に行っても私を聴き手に想定している発表に出会うことがないからである。私が何の興味も持てない主題について、さっぱり理解できないジャルゴンで語られているのを座って聴くのは純粋な消耗である。

行っても仕方がないので、次々と学会をやめてしまった。

だから、学会発表を聴いて、膝を打って納得し、腹を抱えて笑ったというのはほんとうにひさしぶりのことである。これほど批評性とユーモアの感覚に横溢したプレゼンテーションに出会うのは希有のことである。

ここには知的威信を得ようとか、他人の学説を貶めようとか、博識をひけらかそうとか、そういう「さもしい」モチベーションがまったくない。全員が「ひとりひとりのペ・ヨンジュン経験からどのようにして最大の快楽を引き出しうるか」ということに知性的・情緒的リソースのありたけを投じているのである。

純粋である。

学術というものはこうでなければなるまい。

発表のあと、私が一時間ほどの講演を行なう。

『冬ソナ』を「死者をいかにして死なせるか」という「死者とのコミュニケーション論」を軸に解析する試みである。

あまり知られていないことだが（私が昨日思いついたのだから当然だが）、『冬ソナ』は複式夢幻能と同一の劇的構成を持っている。

ワキ方がいわくありげな場所で「影の国から来た」人物（前シテ）と出会う。そして、あるキーワードで物語が始まる。

「なぜ、あなたは他の人のように立ち去ることをせずに、ここにとどまっているのか？」

それは言い換えると「あなたはなぜ死者の国から戻ってきたのか？」ということである。

その問いに応えて、シテは「では、ほんとうのことをお話ししましょう」と予告して橋がかりから去ってゆく（ここで中入）。

そして、ワキの待謡に応じて、後ジテが「一セイ」とともに舞台に再登場する。装束を改め、面をつけて「別人」となった後ジテがそのトラウマ的経験のすべてをワキ方を聴き手に再構成してゆく。そして、彼の「死」にまつわるすべてを語り終えたときに、「あと弔ひて給《た》び賜え」と告げて亡霊は冥界へ去ってゆくのである。

『冬ソナ』において「前シテ」はミニョンであり、「後ジテ」はチュンサンである。ワキはユジンである。

ユジンが初雪のソウルの街角でミニョンに出会うときから夢幻能は始まる。

中入はミニョンの二度目の交通事故である。記憶を回復したチュンサンが病床からかすれ声で呼びかける「ユジナ」が後ジテの「一セイ」なのである。

このひとことを転轍《てんてつ》点にして、物語は劇的展開を遂げることになる。

ワキを導き手に後ジテは「自分が何ものであるのか」を探って、「トラウマの物語」（チュンサンはなぜ、どのように死んだのか？）を再構成する分析的な旅に出発する。そして、後ジテは彼を殺したのが「母」であること、彼を棄てたのが「父」であること、そしてユジン以外のすべての知人友人がチュンサンの死（とミニョンとしての再生）を願っていたことを知る。

チュンサンが死なないことを望んでいたのはこの世界にユジンしかいなかったのである。彼女だけが世界に残ったただ一人の「正しい服喪者」だったのである。どうしてかというと、それはユジンがチュンサンに関するすべてを記憶しているだけでなく、彼の死後も「チュンサンに訊きたいこと」があったからである。

「大晦日の夜に、あなたは私に何を言うつもりだったの？」

チュンチョンのクリスマスツリーの前で、缶コーヒーを手に戻ってきたユジンに背中を向けたまま、チュンサンが「言いたかった言葉を思い出したよ」と告げる場面で私は繰り返し号泣したのであるが、その理由がやっとわかった。あの瞬間に、服喪者と死者のあいだの通信ラインが繋がったのである。

死者の声が服喪者に届き、「喪の儀礼」がそのピークを迎えた場面に立ち会って、私の心身の古層にわだかまっていた「人間が人間になる瞬間」の感動が蘇って、私は涙ぐんだのである。

正しい儀礼をすれば、私たちは死者からのメッセージを過たず聴くことができる。繰り返し書いているように、そう信じたことで人類の始祖は他の霊長類と分岐した。だから、この場面で私たちは「人間性の起点標識が立ち上がった」そのときの感動を追体験しているのである。

正しい儀礼とは死者と言葉を交わすことができると信じることである。

そのとき死者たちは彼らだけの世界に立ち去る。

死者とはもう言葉を交わすことができないと思うと、死者はこの世界にとどまって、さまざまな災禍をなす。だから、正しい服喪者は死者に向かってこう問いかけなくてはならない。

「あなたは何をしたかったのですか?」

その問いには原理的に答えがない。だから、問いかけは必ずやエンドレスのものになる。それでよいのである。

私たちが死者に問いかけ続け、死者からの応答を待ち続けるとき、ふと気がつくと死者は立ち去っているのである。

死者に問うことを止め、死者はもう何も語らない(なぜなら死者が何を語るのかを私は知っているから)と宣告すると、死者は「死者の国」から戻ってくる。

チュンサンが「影の国」から帰ってきたのは、ユジン以外の全員が喪の儀礼を誤ったせいである。「彼の葬礼はもう済んだ。彼のことは忘れよう」と衆議一決したからである。

だから、チュンサン=ミニョンは「幽霊」として戻ってきた。

『冬ソナ』はこの「幽霊」がユジンの導きで「成仏」するまでの物語である。

「あなたは何をしたかったの?」とワキが問いかけ、「私はなぜここに戻ってきたのか?」と後ジテは自らに問い返す。

この問答は、「私は死んでいるのだが、正しい服喪の儀礼を経験していないせいで、まだ死に切っていないのだ」という答えを死者自身が見出すまで続けられる。「私は『私はもう死んでいる』という言葉をあなたに伝えるために戻ってきたのだ」という言葉を死者自身が発見したときに喪の儀礼は終わる。

死者自身が自分の死を認めない限り、物語は終わらない。

チュンサンが冬の海ですべての思い出を海に棄てるところで、「トラウマ的記憶の再構成」という分析的行程は完了する。だから、それ以降のエピソードは物語構造上は不要のものである。もうどのような人為もチュンサンを生者の世界に引き戻すことはできない。

物語の最後で二人が出会う海辺の家の風景は、あれは「影の国＝死者の国」でチュンサンが見ている「夢」なのである。

けれどもここに至る長い物語なしには、チュンサンはあの「夢」を見ることができなかった。死せるチュンサン＝ミニョンはユジンの正しい服喪儀礼によってようやくあの夢を死者たちの国で見る権利を手に入れたのである。

という話をする。

会場のペ・ヨンジュン・カジョクのみなさんは「チュンサンは死者である」という大胆な仮説にがっくりと肩を落として、ずいぶん心を痛めておられた。

心ない分析ですまないと思う。しかし、物語論的には私の分析は「これ以外の解釈可能性はありえない」と申し上げてよいほどに整合的なのである。

正しい葬礼を受けていない死者が服喪者の任に当たるべき生者のもとを繰り返し訪れるとい

う話型は人類の発生と同じだけ古い。だから、あらゆる文学作品の中にその話型は繰り返される。

ここまで読んで、もう予感された方も多いであろうが、『冬ソナ』と酷似した説話構成をもつものの一つに『羊をめぐる冒険』がある。

「鼠」は「僕」が正しく弔うことに失敗した死者である。

だから、彼はきちんと死に切ることができない。それゆえ、「鼠」は「僕」に向けてさまざまな不思議なシグナルを送ってくる。そのシグナルを受け止め、「鼠はいったい僕に何を言いたかったのか？」という問いを自らに向ける。自分にできる限りの努力を通じてそのメッセージを聴き取ろうとするとき、「正しい喪の儀礼」は執行される。

けれども、もちろんそのメッセージが何を意味するのか、「僕」には最後まで理解できない。わかるのは「それが何を意味するメッセージであるのかは理解できないが、それがメッセージであることだけは理解できるようなメッセージ」を送ってくるのは死者以外にいない、ということである。

「僕」は「鼠」からいくつかの「用事」を言いつかる。あるいは用事を言いつかったという解釈を採用する。

羊の写真を公開すること、「鼠」から預かった手紙を彼女に届けること、最後に時計のねじを巻くこと。そのどの用事についても「僕」はそれが何を意味するのかわからない。でも、「僕」はそれを忠実に、誠実に履行する。例えば二人の故郷である港町まで手紙を届けたとき、「僕」

と彼女はこんな会話をする。


「これだけのために東京からわざわざ来たの？」と彼女が訊ねた。

「殆んどそうですね」

「親切なのね」

「そんな風に考えたことはないな。習慣的なものですよ。もし立場が逆だったとしても彼も同じことをすると思うしね」

「してもらったことはある？」

僕は首を振った。「でも我々は長いあいだいつも非現実的な迷惑をかけあってきたんですよ。それを現実的に処理するかどうかというのはまた別の問題です」

「そんな風に考える人っていないんじゃないかしら」


（『羊をめぐる冒険㊤』、一六二頁）

彼女の言うとおり、「そんな風に考える人っていない」。それが「僕」が「鼠」の服喪者に選ばれた他ならぬその理由なのである。なぜなら、「僕」は別に「鼠」からその手紙を彼女に託されたわけではないからだ。喪の儀礼は、誰もそんなことを頼んでやしないのに、それをすることが自分の責務ではないかと思ってしまう人間だけが引き受けることのできる仕事なのだ。

「手紙を預かってきたんです」と僕は言った。

「私に？」と彼女は言った。

電話はいやに遠く、おまけに混線していたので、必要以上に大きな声でしゃべらねばならず、そのためにお互いのことばから微妙なニュアンスが失われていた。吹きさらしの丘の上でコートの襟《えり》を立てながら話しているような具合だった。

「本当は僕あての手紙なんだけど、なんだかあなたにあてたものじゃないかっていう気がしたんです」

「そんな気がしたのね」

「そうです」と僕は言った。言ってしまってから、自分がすごく馬鹿気たことをやっているような気になった。


(同、一五〇頁)

別荘での「僕」との最後の別れのときにようやく「鼠」は彼の送ったシグナルとその意味について解き明かす（その説明は半分しか事態を説明していないけれど）。

「俺はきちんとした俺自身として君に会いたかったんだ。俺自身の記憶と俺自身の弱さを持った俺自身としてね。君に暗号のような写真を送ったのもそのせいなんだ。もし偶然が君をこの土地に導いてくれるとしたら、俺は最後に救われるだろうってね」

「それで救われたのかい？」

「救われたよ」と鼠は静かに言った。


（『羊をめぐる冒険㊦』、一九九〜二〇〇頁）


私はこの対話を『冬のソナタ』のラストシーンに重ね書きしたい欲求を抑えることができない。

海に沈む夕陽を眺めながら抱き合うとき、二人が口にするドラマの最後の言葉としてこれ以上ふさわしいものはないだろう。


「僕はずっとそう思っていたんだ。もし偶然が君をこの土地に導いてくれるとしたら、僕は最後に救われるだろうって」

「それであなたは救われたの？」

「救われたよ」

2006.7.3

霊的な配電盤について

霊性というのは、「つながっている感覚」だというのは私の基本的な理解です。

時間的にも空間的にもどこまでも広がっているネットワークの中に自分がいて、自分がいることで「何か」と「何か」がつながっている。自分がいなくなってしまうと、その「つながり」が途絶えてしまうかもしれないから、生きている間にがんばって、その「つながり」を自分抜きでも機能するようにしておく……というのが「霊的成長」ということではないかと思います。

私たちはみんないつかは現実的には「いなくなってしまう」。

「執着」というのは「死にたくない」ということですけれど、それだけではなく「私が死んだら、みんなが困る」というかたちをとることもあります。

「死んで化けて出る」という場合は「みんなが困ります」。

だから、幽霊というのが霊的に質の悪い死に方の典型ですけれど、ほかにも「莫大な遺産と強欲な子どもたち」を残して死んだというような場合もそうですね。その人が死んだら「みんなが困る」ことになるので、効果としては悪霊と同じです。

よく仕事場で、「あの人が休んじゃうと仕事にならない」ということがありますよね。そういうふうに、ひとりで仕事を抱え込んでしまう人は「私がいないとみんなが困る」ということで、自分の存在理由を確証しようとします。

でも、これって質の悪い執着ですよね。自分の存在の確かさを、「自分が不在の時に他者が感じる欠落感」で計量しようとするのは人間的誘惑ですけれど、それはなんだか間違っているように私は思います。

霊的成長というものがあるとしたら、それは「私がいなくても、みんな大丈夫。だって、もう『つないで』おいたから」というかたちをとるんじゃないかと思います。

村上春樹の小説にはときどき「配電盤」が出てきます。

例えば、『1973年のピンボール』。


「配電盤?」

「なあに、それ?」

「電話の回線を司る機械だよ。」

わからない、と二人は言った。そこで僕は残りの説明を工事人に引き渡した。

「ん……、つまりね、電話の回線が何本もそこに集ってるわけです。なんていうかね、お母さん犬が一匹いてね、その下に仔犬が何匹もいるわけですよ。ほら、わかるでしょ?」

「?」

「わかんないわ。」

「ええ……、それでそのお母さん犬が仔犬たちを養ってるわけです。……お母さん犬が死ぬと仔犬たちも死ぬ。だもんで、お母さんが死にかけるとあたしたちが新しいお母さんに取替えにやってくるわけなんです。」

「素敵ね。」

「すごい。」

僕も感心した。


（『1973年のピンボール』、講談社文庫、一九八三年、四八頁）


うーん、ウチダも感心しました。

これはやはり「霊的生活」の比喩じゃないかなと思います。村上春樹って、「そういう話」ばかりしている人ですからね。

霊的成長というのは、配電盤としての機能を全うするということじゃないか、と。私はそんなふうに思っています。

私がいなくなっても、誰も困らないようにきちんと「つないで」おいたおかげで、回りの人たちが、私がいなくなった翌日からも私がいるときと同じように愉快に暮らせるように配慮すること。

そういう人に私はなりたいと思っています。

2006.7.16

フッサール幽霊学とハイデガー死者論

朝日カルチャーセンターのネタを仕込む。いつもは当日のお昼に必死で仕込むのであるが、今回は二日前から準備をしている。ずいぶんいい加減な人間だとお思いになるかもしれないけれど、あまり周到に準備をしてしまうと、話す私自身がその話に飽きてしまうのである。

今回のお題は「死の儀礼」。

他者という概念は死者を埋葬する儀礼の発生と起源的には同一であるのではないか……という人類学的にまったく根拠のない妄説を思いついたので、それを展開してみる。

今書いているレヴィナス論『他者と死者』はそういうアプローチからレヴィナスの「他者」概念を解釈しようという暴挙なのである。

他者とは死者のことである。

だって、そうでしょう。

レヴィナスの定義によるならば、他者とは私の理解も共感も絶しており、かつ「存在するとは別の仕方」で（だから存在しない）、にもかかわらず「私」に「影響を与え」(*affecter*)、私が倫理的に生きることを「命じる」のである。

レヴィナスは他者に「触れられる」ときの経験を *affecter* というかなり含意のある動詞で表

現する。*affecter*というのは訳しにくい動詞である。*affecter*には「つらい思いをさせる／影響を与える／害をなす／正負の符号をつける」というなんだかごちゃごちゃした意味がある。

レヴィナスはこういう言葉を選択するときに決して偶然に選ぶということをしない書き手である。当然、この「ごちゃごちゃ」な含意はすべてここに込められていると考えなければならない。

存在しないけれど、私たちに*affecter*する存在。それは「死者」である。

驚いてはいけない。

およそ文学の世界で歴史的名声を博したものの過半は「死者から受ける影響」を扱っている。文学史はあまり語りたがらないが、これはほんとうのことである。

近いところでは村上春樹の作品はほぼすべてが「幽霊」話である（村上春樹の場合は「幽霊が出る」場合と「人間が消える」場合と二種類あるけれど、これは機能的には同じことである）。

夏目漱石だってそうだ。

『吾輩は猫である』は猫の一人称小説だけど、最後まで読んだ方はご存じのとおり、猫は『猫』の執筆時点ではすでに「死んでいる」のだ。あれはテクスト全体が「死者（というか「死猫」だな）からのメッセージ」というオカルト小説なのだが、そのことの意味に気づいている日本文学者は少ない。

『こゝろ』もそうだね。あれも第三部は「死者からのメッセージ」だ。死者からのメッセージを受け取ったせいで「わたし」の人生ががらりと変わってしまうという話なのである。

「死者は死んでもう存在しないから、私たちに何の関係もない」などというお気楽なことを言う人間は文学とも哲学ともついに無縁である。

死者は存在しない。存在しないけれど、存在しないことによって私たちを *affecter* することを止めない。

存在（*Sein*）は存在者（*Seiende*）ではない。存在を存在者としてとらえることはできない。存在者としてとらえられた存在は無である。それゆえ人々は存在を忘却する。

これはご存じハイデガーだが、この「存在者」を「生者」、「存在」を「死者」と書き換えて読んでみるとどうなるか。

「死者は生者ではない。死者を生者としてとらえることはできない。生者としてとらえられた死者は無である。それゆえ人々は死者を忘却する」

あら、ちゃんと意味が通っている……。

おひまな方は『存在と時間』を取り出して、その中の任意の一頁をひらいて「存在」を「死者」に書き換えて読んでみてください。これがね、驚くべきことに「全部」意味が通るのだよ。

嘘だと思う？

じゃ、やってみようか。ぱらり。

われわれはつねにすでになんらかの存在了解内容のうちで動いているということは、さきに暗示されていた。その存在了解内容のうちから、存在の意味を表立ってたずねる問いと、存在の概念に達しようとする傾向が生ずる。「存在」とは何のことであるのかを、われわれは知ってはいないのである。しかし「『存在』とは何であるのか？」と、われわれが問うときにはすでに、われわれはこの「ある」についてなんらかの了解内容をもっているのだが、この「ある」が何を意味しているのかを、われわれが概念的に把握しているわけではあるまい。

（マルティン・ハイデガー『存在と時間』、渡辺二郎訳、中央公論社、一九七一年）

ではまいるぞ。

われわれはつねにすでになんらかの死者了解内容のうちで動いているということは、さきに暗示されていた。その死者了解内容のうちから、死者の意味を表立ってたずねる問いと、死者の概念に達しようとする傾向が生ずる。「死者」とは何のことであるのかを、われわれは知ってはいないのである。しかし「『死者』とは何のことであるのか／『死者』はどのように死んでいるのか？」と、われわれが問うときにはすでに、われわれはこの「死ぬ」についてなんらかの了解内容をもっているのだが、この「死ぬ」が何を意味しているのかを、われわれが概念的に把握しているわけではあるまい。

ハイデガーの存在論というのは「そういう話」なのだ。

「或るもの」の現れとしての現れは、おのれ自身を示すということを意味するのではけっしてないのであって、むしろ、おのれを示さない或るものが、おのれを示す或るものをつうじて、おのれを告げるということを意味する。現れることはおのれを示さないことなのである。
（同前）

「或るもの」を「幽霊」と書き換えて読んでみてください。

別に私はオカルト話をしているのではない。私が言っているのは、「存在論」や「他者論」のような名前のついた理説を持たない社会集団は無数に存在するが、「死者論」「幽霊論」を持たない社会集団は存在しないという、ただそれだけのことである。そしてもし哲学が真に普遍的な学であろうと望んでいるとすれば、それは「すべての」人間社会に汎通的に妥当する知見を語っているはずである。

「存在についての問い」「存在者についての問い」は問いのかたちを逆転させれば、必ずや「死についての問い」「死者についての問い」になる。

だが、フッサールの現象学が実は「幽霊学」であること、ハイデガー存在論が実は「死者論」であることに気づいている人は少ない。

まして、レヴィナスが「フッサール幽霊学はたしかに幽霊がどうやって出てくるかについての分析はなされているが、『幽霊の位格』や『幽霊からの謎かけ』についての考究が足りない。また、ハイデガー死者論は死者の根源性については十分な論及がなされたけれど、それだけでは死者がなぜ生者に倫理的に生きることを命じるか、その基礎づけができない」という視点から先行する哲学者を批判したことを理解しているひとはさらに少ない（というか、いないよな）。

というようなことを『他者と死者』では書きたいのであるが、もちろんそんなことを書いて本にしたら学界から永久追放されて二度とどこの大学の教壇にも立てなくなってしまうので、しかたがないから、ホームページ日記に書いたり、朝日カルチャーセンターで「怪しい話」を聞きに来た人たち相手にこそこそしゃべったりしているのである。

なにはともあれ、ハイデガーは絶対に「幽霊を見たことがある」と私は思う。そうじゃなければ、あれほど「見てきたように」は書けませんて。

2004.3.30

After dark till dawn

午前十時にベッドに戻る。眠りに落ちかけるたびに電話が鳴り、宅急便が届き、なかなか眠れない。十一時ころにようやく眠りに落ち、一時半まで眠る。二時に『ＡＥＲＡ』のＩ川記者がインタビューに来るのでベッドから身を引き剥がし、シャワーを浴びて目を覚ます。

お題は村上春樹の新作『アフターダーク』。

『ＡＥＲＡ』？　と不思議に思われるだろうが、『ＡＥＲＡ』のコア読者層（三〇代女性）はムラカミファンとまるっとかぶっているのである。なるほど。

どうして文芸批評家たちは村上春樹をあれほど嫌うのか、という話から始まる。

村上春樹の仕事を積極的に評価している批評家は加藤典洋さんくらいしか見あたらない。あとの批評家の過半は「無視」または「否定」である。

『すばる』の蓮實重彦の発言を見せてもらったけれど、すごい。

「村上春樹作品は結婚詐欺だ」（そのときだけは調子のいいことを言って読者をその気にさせるが、要するにぼったくり）というのは、批評というよりほとんど罵倒である。シンポジウムの締めでの蓮實の結論は「セリーヌと村上春樹ならセリーヌを読め、村上春樹を読むな」というなんだかよくわからないものであった。

別にセリーヌも村上も両方読めばいいと思うんだけど（どっちも面白いし）。そもそもある作家を名指しして「こいつの本は読むな」というのは批評家の態度として、よろしくないと思う。「まあ、いいから騙されたと思って読んでご覧なさい。私の言うとおりだから」という方が筋じゃないのかな。

批評家たちや作家たちがこれほど村上春樹を批判することに熱中するということは「村上春樹が評価される」ということと「批評家たちの仕事が評価されない」ということが裏表でワンセットになっているからである。なにしろ、村上春樹は「批評というのは馬糞のようなものである」として、自作についての一切の書評を読まないことを公言しているんだから。

という世間話から始まって、「どうして村上春樹は評価されないのか」という根源的な問いへ進む。

もちろん、それは批評家たちの批評基準が、文学における「方法論的自覚」とか、「前衛性・革命性」とか、「自己剔抉《てっけつ》の徹底性」とか、「被抑圧者のまなざしに肉迫」とか、そういう定型にいまだにとらえられたままだからである。そのような出来合いのフレームワークから見れば、たしかに村上作品は「シティ文学」とか「リゾート文学」とかいうような、いかなる前衛性も革命性もないところの「知的消費財」にしか見えないだろう。しかし、もし蓮實が言うように村上文学が単に現代日本の皮相な感性を操作するだけの「結婚詐欺」的なものにすぎないのだとしたら、彼の作品がまったく文化的なバックグラウンドを異にする各国言語に訳されて

（フィンランド語訳まで出ているのだ）、アメリカの若い作家の中から「村上フォロワー」も登場しているという事実を説明することは困難になる。

蓮實は村上を罵倒する前に、どうして『表層批評宣言』が世界各国語で訳されて、世界各国から続々と「蓮實フォロワー」が輩出してこないのか、その理由についてせめて三分ほど考察してもよかったのではないか。

私見によれば、村上文学がワールドワイドなポピュラリティを獲得しているのは、それが知的ヒエラルヒーや文壇的因習を超えて、すべての人間の琴線に触れる「根源的な物語」を語っているからである。他に理由はない。

村上文学は「宇宙論」である。その基本的な構図はすでに『１９７３年のピンボール』に予示されていた。

私たちの世界にはときどき「猫の手を万力で潰すような邪悪なもの」が入り込んできて、愛する人たちを拉致してゆくことがある。だから、愛する人たちがその「超越的に邪悪なもの」に損なわれないように、境界線を見守る「センチネル（歩哨）」が存在しなければならない……というのが村上春樹の長編の変わることのない構図である（ご存じなかったですか？）。

『キャッチャー・イン・ザ・ライ』という小説が村上春樹に与えた最大の影響は「ライ麦畑のキャッチャー」というのがある種の人間にとって「天職」として感じられるという経験であったと私は思う。

村上春樹はおそらく青年期のどこかの段階で、自分の仕事が「センチネル」あるいは「キャッチャー」あるいは「ナイト・ウォッチマン」である、ということをおぼろげに感知したのだ。『アフターダーク』は二人の「センチネル」（タカハシくんとカオルさん）が「ナイト・ウォッチ」をして、境界線のぎりぎりまで来てしまった若い女の子たちのうちの一人を「底なしの闇」から押し戻す物語である。

彼らのささやかな努力のおかげで、いくつかの破綻が致命的なことになる前につくろわれ、世界はいっときの均衡を回復する。でも、もちろんこの不安定な世界には一方の陣営の「最終的勝利」もないし、天上的なものの奇跡的介入（*deus ex machina*）による解決も期待できない。センチネルたちの仕事は、ごく単純なものだ。それは『ダンス・ダンス・ダンス』で「文化的雪かき」と呼ばれた仕事に似ている。

誰もやりたがらないけれど、誰かがやらないと、あとで誰かが困るようなことは、特別な対価や賞賛を期待せず、ひとりで黙ってやっておくこと。そういうささやかな「雪かき仕事」を黙々とつみかさねることでしか「邪悪なもの」の浸潤は食い止めることができない。政治的激情とか詩的法悦とかエロス的恍惚とか、そういうものは「邪悪なもの」の対立項ではなく、しばしばその共犯者である。

世界にかろうじて均衡を保たせてくれるのは、「センチネル」たちの「ディセント」なふるまいなのである。

仕事はきちんとまじめにやりましょう。衣食住は生活の基本です。家族はたいせつに。ことばづかいはていねいに。

というのが村上文学の「教訓」である。

それだけだと、あまり文学にはならない。

でも、それが「超越的に邪悪なもの」に対抗して人間が提示できる最後の「人間的なもの」であるというところになると、物語はいきなり神話的なオーラを帯びるようになる。この勤労者的エートスに支えられたルーティンと宇宙論がどうやって接合するかというと、もちろんそれは「うなぎ」が出てくるからなんですね、これが（何？「うなぎ」のことをご存じない？困ったなあ）。

ともあれ、私たちの平凡な日常そのものが宇宙論的なドラマの「現場」なのだということを実感させてくれるからこそ、人々は村上春樹を読むと、少し元気になって、お掃除をしたりアイロンかけをしたり、友だちに電話をしたりするのである。

それはとってもとってもとっても、たいせつなことだと私は思う。

2004.9.17

追記

『アフターダーク』はなんとなく『1973年のピンボール』と地下水脈でつながっているような気がしたので、『ピンボール』を読み返してみた。そしたら、ありましたね。「鼠」というのは、いわば「僕」の「ピュアサイド」というか「ダークサイド」というか「純粋さゆえの弱さ」を表象している登場人物である。

『風の歌を聴け』で「僕」が「鼠」の運命論にたいして「強い人間なんてどこにも居やしない。強い振りのできる人間が居るだけさ」と反論するときに、「鼠」はことばを失ってしまう。


「ひとつ質問していいか?」

僕は肯いた。

「あんたは本当にそう信じてる?」

「ああ。」

鼠はしばらく黙りこんで、ビール・グラスをじっと眺めていた。

「嘘だと言ってくれないか?」

鼠は真剣にそう言った。


(『風の歌を聴け』、講談社文庫、一九八二年、一一七頁)

「嘘だと言ってくれないか?」という懇請のことばを最後に、「鼠」は永遠に「僕」の前から姿を消す。そのあとも、『ピンボール』にも『羊をめぐる冒険』にも「鼠」は繰り返し登場するけれど、「僕」とことばを交すことはもうない（『羊』のラストで「僕」の前に登場する「鼠」はもう死んでいる）。
その「鼠」がかつて「僕」といっしょに夏をすごした海辺の街から決定的に消えるのは『ピンボール』の終わり近くだけれど、彼が「僕」のいる世界から消えるのは、まさに「深い眠り」によってなのである。

これ以上は耐えられまいというポイントを推し測って鼠は立ち上がり、シャワーに入り、朦朧とした意識の中で髭を剃った。そして体を拭き、冷蔵庫のオレンジ・ジュースを飲む。新しいパジャマを着てベッドに入り、これで終ったんだ、と思う。それから深い眠りがやってきた。おそろしく深い眠りだった。

（『1973年のピンボール』、一六二頁）

そうやって「鼠」は「僕」の前から消えて、「別の世界」に行ってしまう。「鼠」を失ったことが「僕」の外傷的経験の核となる。
だから、『アフターダーク』では、眠り続ける女の横にすべりこんで、涙を流す人間を配したことは、「鼠」における「僕」の失敗を二度と繰り返さないという決意をこめた新しい「ナイト・シフト」なのだと私は思う。

『アフターダーク』と『ピンボール』にはもうひとつまったく同じフレーズがあった。気づいた人もいるかもしれない。

「おやすみ。」と鼠は言った。

「おやすみ。」とジェイが言った。「ねえ、誰かが言ったよ。ゆっくり歩け、そしてたっぷり水を飲めってね。」

(同、一三八頁)

2004.9.23

無国籍性と世界性

今月号の『文學界』は三月に開かれた国際シンポジウム「世界は村上春樹をどう読むか」のワークショップを採録している。

柴田元幸・沼野充義が司会した翻訳のワークショップはたいへんに面白かったが、四方田犬彦が司会したワークショップの方は正直申し上げて、あまり感心しなかった。それは司会の四方田が村上文学の特徴は「無臭性」「無国籍性」だという見方にこだわり、政治的な文脈に村上文学の意味を還元しようとしているせいである。

無臭であり、無国籍であるような文学作品や、ある種の政治的文脈から自由でない文学作品は世界に山ほどあるが、当然ながら、そのすべてが世界的なベストセラーになるわけではない。ほかの無国籍的・政治的文学作品と村上文学は「どこがちがうのか」というところに照準しない限り、その論点は生産的な主題にはならないだろう。

さらに納得がゆかないのは、四方田の最後のコメントである。

　ここには「世界がハルキを読む」という名目で多くの国々と言語を出自とする方々が集まっているわけですが、ここに招待されていない言語と国家はどうなっているのでしょうか。どうして春樹のアラビア語訳やウルドゥー語訳が存在していないのでしょうか。これは言語をめぐる政治の問題です。はたしてバグダッドやピョンヤンでは春樹は読まれているのでしょうか。世界がハルキを読む。大いに結構です。だがその場合の「世界」とは何なのか。端的にいって勝ち組の国家や言語だけではないのか。ここに排除されているものは何なのか。誰なのか。

（『文學界』二〇〇六年六月号、文藝春秋、一七四頁）

これはいくらなんでも「言いがかり」というものだろう。アラビア語やウルドゥー語の訳が存在しない文学作品は「所詮ローカルな文学」というロジックが成立するなら、この世に世界文学などというものは存在しない。村上春樹は英語、フランス語、ドイツ語、ロシア語、中国語、韓国語、ハンガリー語、フィンランド語、デンマーク語、ポーランド語、インドネシア語などに訳されている。これから語種はさらに増えるだろうが、それでも世界のすべての言語に訳されるということはありえない。話者が数百人しかいない絶滅寸前の語種は地上に無数に存在するからだ。もし、それらすべてに読まれないと「世界的に読まれている」という表現は許されないとすれば、その条件を満たすような文学作品はこの世にこれまで存在しなかったし、これからも存在しないことになるだろう。

第一、地上にはレヴィ＝ストロースが教えるように無文字社会がいくらもある。そのような社会集団では、村上春樹であれ誰であれ、およそ「読む」という行為がなされていない。だから、今の議論ではそのような社会を四方田自身が「世界」のうちに勘定に入れ忘れているのではないかという疑問だって呈示できる。

「四方田が論じているのは、端的に言って『読める』人間の社会や言語だけではないのか。ここに排除されているものは何なのか。誰なのか」

そういう言いがかりはあまり品がよくないし、生産的でもないから、私はしないけど。

人類史発生以来、人間が書いたすべてのテクストは膨大な数の「それを読んでいない人々」「それを読む機会から排除されている人々」を有している。それはどのような書物についても構造的に不可避である。存在するすべての書物にあてはまることをある特定の書物について述べても、それによってその書物の性格を特徴づけることはできない。だから、村上文学の特徴として「翻訳されていない語種が存在する」ということを告げるのは無意味なことである。無意味なことを言う暇があったら、村上文学が「それを読む機会から排除されている人間」の数をこれだけ劇的に減じたことの個別的な理由の発見に知的リソースを注いだ方がより生産的であろうと私は思う。

2006.5.8

パリで「かえるくん、東京を救う」を読む

街に出て、また本屋に寄って、あれこれ立ち読みしているうちにリーブル・ド・ポシュに何冊か村上春樹の訳本を発見する。急に村上春樹が読みたくなる。

『神の子どもたちはみな踊る』の仏訳“*Après le tremblement de terre*”（『地震ののち』）を買う。五ユーロ。

「かえるくん、東京を救う」という短編が好きなので、それが再読したくなったのである。仏訳タイトルは“*Crapaudin sauve Tokyo*”。

この作品に限らず、男が家に帰ってくると見知らぬ客人がいて、どうにも信じられないような物語を始め、聞いているうちに、男はその不条理な話をだんだんと信じ始める……という物語パターンが私は好きである。

東京の地下に巨大なミミズがいて、今にも地震を起こそうとしている。それを阻止できるのは「片桐さん、あなたしかいない」とかえるくんは告げる。

よい話である。

仏訳から重訳してみる。

「かえるくんはそう言ったが、細かいところに片桐にはわからない点がいくつもあった。それでも、話の内容は超現実的ではあるけれど、彼はかえるくんが話したことを信じてもよいと思った。かえるの顔つきや、その言葉づかいには、何かしら心に直接触れるものがあったからだ。片桐は銀行のハードなセクションで働いているせいで、そういうことを感知する才能は身につけていた」

こういうフレーズはフランス語でも「いかにも村上春樹的だよな」ということがよくわかる。とくに村上春樹は翻訳されることをほとんど最初から勘定に入れて書いているから、日本語の文章と訳文のあいだに温度差がない。

寝転がっているうちに六編のうち四編を読み終えてしまった。フランス語訳された既読の日本文学を読むというのはフランス語のニュアンスを理解する上ではたいへん効果的な学習法であることがわかる。

今頃わかってもしかたないけど。

日本に帰ってきてからの追記

ちなみにさきにフランス語から重訳した箇所のオリジナルを挙げておこう。

そう言われても、片桐にはわからないことだらけだった。しかし彼はなぜか、かえるくんの言うことを――その内容がどれほど非現実的に響いたとしても――信用してもいいような気がした。かえるくんの顔つきやしゃべり方には、人の心に率直に届く正直なものがあった。信用金庫のいちばんタフな部署で働いてきた片桐には、そういうものを感じとる能力が、いわば第二の天性として備わっていた。

(『神の子どもたちはみな踊る』、新潮社、二〇〇〇年、一四〇頁)

不思議なもので、読み比べると私の訳文の方が微妙に「村上春樹っぽい」と思いませんか？

2006.9.15

フランス語で読む村上春樹

村上春樹の『羊をめぐる冒険』の仏訳を読むというゼミをしている。

仏語訳と原文を照合して、フランス語話者が村上春樹の日本語をどんなふうにフランス語にするのか、その微妙な差異から、彼我の世界分節の違いを比較文化論的観点から検証しようではないか、という野心的なゼミである。パトリック・ドゥ・ヴォスさんというひとがフランス語訳をしている。なかなかみごとな訳である。

どうして「みごと」かというと、私がパトリックくんのフランス語だけを見て和訳をすると、ときどき村上春樹の原文と文ひとつまるまる一言一句違わないということが起こるからである。これはなかなかたいしたものである。

しかし、ところどころに誤訳も散見される。今日、すごい誤訳を見つけた。

"J'irai jusqu' à trente-cinq ans, dit-elle. Puis je mourrai."
Elle mourut en juillet 1978, vingt-six ans.

このフランス語をそのまま訳すと

「私は三十五歳まで生きる」と彼女は言った。「そして死ぬ」
一九七八年の七月、彼女は二十六歳で死んだ。

このどこが誤訳なのか、と疑問の方もあろう。
村上さんの原文は

「二十五まで生きるの」と彼女は言った。「そして死ぬの」
一九七八年七月彼女は二十六で死んだ。

（『羊をめぐる冒険㊤』、二二頁）

翻訳のいちばんむずかしい山場を訳し終えた第一章の最後のフレーズだから、パトリックくんも一瞬気を抜いたのであろう。誤訳というのはこんなふうに、ふだんなら絶対間違えないようなところで起こったりする。

でも、「二十五歳で死ぬ」と予告しておいて二十六歳で死んだ娘と、「三十五歳で死ぬ」と予告して二十六歳で死んだ娘とでは、文学的な「たたずまい」がちょっと違うような気もするけどね。

2002.6.21

太宰治と村上春樹

授業で村上春樹『羊をめぐる冒険』の仏訳を読み終えたので（もちろん全文ではない、ところどころ「いいとこ」だけ）、次は太宰治の『桜桃』を読む。

村上春樹の仏語訳はすらすらと読めて、フランス語の向こうにちゃんと村上春樹の文体が透けて見えた。それに対して、太宰治の仏語訳はまったく太宰的でない。ぜんぜん面白くもおかしくもないのだ。

有名な冒頭の一節はこうだ。

J'aimerais croire que les parents passent avant les enfants.

そのまま素直に訳すと、「両親は子どもに優先する、というふうに私は思いたい」。

何ということもない。

太宰のオリジナルは、「子供より親が大事、と思いたい」。

いきなり五・七・五で始まるのである。このフレーズがそのままがつんと身体にしみこみ、骨にからみつく。だから、高校一年のときに読んだこの一節を、私は四十年間忘れることができなかった。
言葉の力というのは、そういうものだ。心に刻まれるフレーズは、意味なんか関係なく、いきなり「がつん」とくるのである。太宰の文章はそういう身体的な切迫感をともなっている。その「しかけ」はフランス語で読むとむしろいっそう際だってくる。『桜桃』の第二フレーズはこうだ。

J'ai beau me dire, comme les philosophes de l'Antiquité qu'il faut penser d'abord aux enfants, eh bien non, croyez-moi, les parents sont plus vulnérables que les enfants.
("les Ceries" traduit par Yuko Brunet et Isabelle Py Balibar, Anthologie de nouvelles japonaises contemporaines, Gallimard, 1986)

直訳すると、「古代の哲学者たちのように、まず子どものことを考えるべきだ、と私も思ってはみたけれど、そうもゆかない。両親は子どもより傷つきやすいのだから」。
つまらない。
太宰の原文はこうだ。

子供のために、などと古風な道学者みたいな事を殊勝らしく考えてみても、何、子供よりも、その親のほうが弱いのだ。

（『ちくま日本文学全集 太宰治』、筑摩書房、一九九一年、三九八頁）

原文の「何」を仏語訳者は苦心して *eh bien non, croyez-moi* と訳した。この訳は正しい。*croyez-moi* は「私を信じなさい」の意で、断定を強調するための挿入句である。というのは、現に太宰はここでいきなり話を読者に振っているからである。*croyez* というのは「信じる」という動詞の二人称複数命令形である。つまりいきなりここに「あなたたち」というものが呼び出されているのである。

このような言葉をローマン・ヤコブソンは「交話的メッセージ」と名づけた。

電話口で「もしもし」といったり、教師が生徒たちに「いいかな？」と言ったりするときの言葉の働きのことである。これ自体はメッセージではない。コンテンツが含まれていないからだ。これは「メッセージが成立していることを確認するメッセージ」である。

「このコンタクトは維持されていますか？　私の言葉はあなたに届いていますか？」というコミュニケーションが成り立っていることを確認するための合図である。「メタ・メッセージ」と呼ばれることもあるし、「コミュニケーションのコミュニケーション」と呼ばれることもある。私見によれば、物語が始まってからどれくらい早くこの「交話的メッセージ」を記述的文章の中に滑り込ませるかに作家の技量はかかっている。

これは、けっこうむずかしいのである。

冒頭いきなり「読者のみなさん！」というように気楽に呼びかければ読者とのあいだにたちまちコミュニケーションのチャンネルが開く、というほど文学はおめでたいものではない。物語はできるだけ「クール」に書き出されねばならない。どんな読者も口をさしはさむ余地のないくらいに非人情でリアルで断定的な言葉づかいで物語は書き出されねばならない。「山道を登りながら考えた」でもいいし、「木曽路はすべて山の中である」でもいいけれど、とにかく有無を言わせぬ断定から物語は始まらねばならない。

しかし、有無を言わせぬ断定だけでは読者としては「とりつく島がない」。「とりつく島がない」テクストに長い時間とりつき続けられるほど読者たちの懸垂力は強くない。どこかで、読者には「手」が差し伸べられねばならない。

「これ、実は君だけのために書かれた物語なんだけれど、それにもう気づいてくれたかな？」すぐれた書き手は必ず物語が始まってしばらくしたところで、このような「パーソナルな」メッセージを送ってくる。ものが「パーソナル」なわけだから、「読者のみなさん！」というような大上段に構えた呼びかけのかたちはとらない。それがある種の限定された読者あてのコールサインであり、不注意な読者は見落としてしまうような仕方で発信されるメッセージだけが読者にヒットするのである。

『桜桃』の冒頭で、太宰は書き始めて二つ目のフレーズで早くも読者を物語に巻き込むコールサインを送ってくる。「子どもより親が大事と、思いたい」と書いたあと、太宰は読者に振り向いて、その同意を求めようとする。けれども、彼はフランス人のようにくどくどとは書かない。

ただひとこと「何」と書くだけだ。

しかし、この「何」で読者はいきなり太宰との対面状況に巻き込まれる。

この「何」が「何を意味するのか」、他ならぬ私が選んだ読者である「あなた」にはもちろんわかるはずだ。太宰は言外にそう言う。

「何」がコールサインでありうるのは、それが何を意味するのかが読者にわかるからではない（「何」だけじゃ、何のことだかわかるはずがない）。そうではなくて、ある種の読者にだけはこれがコールサインだということがわかるからである。これをコールサインとして受信することができた自分「だけ」がこれ以降のテクストに特権的読者としてアクセスできる、そういう幻想に絡め取られるのである。

こういう交話的なフレーズを、さりげなくかつ狙い済ましたタイミングで使うことができる作家だけが、読者を物語のうちにまたたくまに拉致し去ることができる。すぐれた作家の多くはこの種の「めくばせ」の巧者である。

村上春樹もこの「めくばせ」の達人である。そのことに『羊をめぐる冒険』のフランス語訳を読んでいるうちに気がついた。

『羊をめぐる冒険』は古い女友達が交通事故で死んだと友人から知らされる場面から始まる。その第一パラグラフはこんな会話で終わる（今手元に『羊をめぐる冒険』のオリジナルがないので、とりあえずフランス語からの私訳を使って話を進めることにする）。

「葬式はあるよね？」と僕は訊ねた。
「さあ、知らないな」と彼は答えた。「第一、あの子に家なんかあったのかい。」

一行空いて、次のパラグラフはこう始まる。

もちろん彼女にも家はあった。（*Bien sûr, elle avait une maison.*）

コールサインはこの「もちろん」である。
冒頭からここまでの数十行はあくまで中立的な記述であるが、この「もちろん」によって読者は作家との共犯関係に引きずり込まれる。
「もちろん」というのはできごとの蓋然性についての判断である。英語の *naturally* と同じである。*naturally* は「自然に」ではないです（中学生はよく間違えるけど）。これは「当然にも」と訳す。そして、ある事態が「当然」であるかどうかの判断はすぐれて主観的なものである。

愛してるんだ、と僕は言った。

ナチュラリー、彼女は僕の告白を「ふん」と鼻先で吹き飛ばした。

というように使う。

もちろん、彼女が僕の愛の告白を受け容れやしないということなんか僕は先刻承知だった。けれども、ほら、万が一ということもあるじゃないか。彼女だって何かのはずみで今朝は博愛的な気分になっているということだってありえないわけじゃないし。ね、そういうことって、あるでしょ……云々。

というような表だっては口にされない気分をこの「もちろん」は含意している。

つまり、「もちろん」というのは「必ずしも『もちろん』じゃないよね」という、蓋然性の切り下げについて読み手の同意を求める場合にしか使わない言葉なのである。「ということは、私たちはものごとの判断についてだいたい同一の基準を採用している、そう考えていいかな？」という作者からの踏み込みを読者は感知し、それと気づかぬうちにもう頷いているのである。

『羊をめぐる冒険』における、書き手から読者へのひそやかなコールサインをもう一つ。

仏訳三頁目に出てくる、死んだ彼女が「僕」と共有した時代についての記述。これもフランス語から訳してみる。

それはドアーズとストーンズとバーズとディープ・パープルとムーディ・ブルースの時代でもあった。空気にはなにかしらぴりぴりしたところがあって、あらゆるものが、あるいはほとんどあらゆるものが、わずか一蹴りでトランプの城のように崩れ落ちそうに思えた。

　ぼくたちは安いウィスキーを飲み、あまりぱっとしないセックスをし、どうでもいい話をいつまでも続け、本を貸したり借りたりして、日々を過ごしていた。出だしの悪かったあの六〇年代の上に、きしみを立てながら今にも幕が下りようとしていた。

ここで村上春樹が使ったコールサインは「あの六〇年代」(*ces années soixante*) である。前のパラグラフでドアーズから始まる一連の固有名詞を並べて、「この名詞の含意が理解できる読者」をスクリーニングしてから、「ぴりぴりした」(*mordant*) 空気の触感を回想的に共有できる読者をさらに絞り込んで、それから、「あの六〇年代」と畳みかけたのである。みごとな手際である。

最初の「バンド名列挙によるスクリーニング」はかなり常套的なテクニックのように思われるが、六〇年代トリビアをローリング・ストーンズからではなくドアーズから始めたところに私は村上春樹の職業的技巧の確かさを感じるのである。

というのは、ドアーズなんて六〇年代リアルタイムではほとんど誰も聴いていなかったからである(ドアーズの六七年のアルバムの日本でのセールスはせいぜい一万枚というところだろう)。でも、ドアーズは七一年にジム・モリソンが死んだことで「神話」になった。リスナーたちがドアーズを思い入れを込めて聴き始めたのは、「神話」が出来上がってから後の話だ。ここに名が挙げられたロック・バンドは(すでにきわめてポピュラーだったローリング・ストーンズを除くと)いずれもロック史の「殿堂」入りした後に、七〇年代以後のロック少年たちの「必聴盤」リストに登録されたものである。

たしかに六〇年代にもこれらのロック・バンドの音は流れていた。けれども、それは当時流れて消えていった無数のノイジーな楽曲のうちの一つにすぎなかった。それが「時代を特徴づける有意な記号」としてひろく認知されるようになったのは、いつだってその時代が過ぎ去ってしまった後のことだ。

つまり、こういうことだ。

「ほら、六七年ころ、俺たち、ドアーズとか聴いてたじゃないか?」という同意を求める回顧的な問いかけに私たちがためらわず頷くことができるのは、「こいつも俺と同じように六七年リアルタイムではドアーズなんか聴いてやしなかった(*Light my fire* だって、最初に聴いたのはホセ・フェリシアーノのカバーだったに決まってる)」ということを知っているからである。

同じ音楽を聴いていたことに共感するのではない。「同じ音楽を聴いていた」という嘘を共有していることに共感するのだ。

私たちは「ほんとうの体験を共有している人間」より、「回顧的に構築された模造記憶を共有している人間」の方にずっと親近感を感じる。

村上春樹はそういう人間の想像力のありようを熟知している。

もちろん（おっと）テクニカルにそういう小技を使っているわけではない。けれども、「ドアーズとストーンズとバーズとディープ・パープルとムーディ・ブルース」というリストを作るときに、どういう順番にするのがいちばん読者に「来る」かということについて村上春樹は（十秒くらいは）考えたはずである。あるいは一秒も考えずにそう書いたのかもしれない（それこそ天才の証拠だ）。

ディープ・パープルやムーディ・ブルースの場合なら、「ああ、そんな名前のバンドもあったね。どんな曲だったか覚えちゃいないけど」というふうに切り捨てることはぜんぜん六〇年代キッズの身元保証に抵触しない。けれども、ドアーズについて「それ、誰？」というような対応をすることはストリート・ファイティング・キッズ世代への帰属を証明するときにたいへん不利になる。

そのことを読者たちは知っている。

だから、このバンド名リストはこの順番以外ではありえないのだ。そして、「この順番以外ではありえない」と読者たちが思うであろうということを村上春樹は知っていたのである。

ややこしくてすまないが、そういうことである。

つまり、ここで村上春樹が行なっているのは、「同世代的記憶の確認」ではない。だって、同世代的記憶の確認作業をして、同世代人だけをスクリーニングしたら、村上春樹と同世代ではないすべての読者はそこから排除されてしまうからである。世界文学をめざす作家がそのような排他的な書き方をするはずがない。

そうではなくて、ここで行なわれているのは「同世代的記憶を確認するふりをすることで模造記憶を共有するという、僕たちみんなが、時代も国境も越えて、世界じゅうどこでもやっている、共同体構築のためのあのひたむきな努力に僕は一票を投じるけれど、君はどうする？」というコールサインなのである。

この一連の仕掛けによって村上春樹は、六〇年代にリアルタイムでロックを聴いたこともなかったし、時代のぴりぴりした空気も感じなかったし、安いウィスキーも飲んでいなかった読者たちすべてを「あの六〇年代」をともに回想する同時代人たちのうちに回収する。

「君もあの時代に、僕のかたわらにいたよね？」と作家に低い声で問われて「いいや」と答えることのできる読者はいない。

だって、そう問いかける作家が、読者が嘘をつくことをあらかじめ知っていて、かつその嘘を咎める気がないことを読者は知っているからである。

もし、この六〇年代トリビアクイズ的な固有名リストがほんとうにその時代を経験した人間とそうでない人間を区別し、後者を排除するためのものであったら、村上文学が世界性を獲得することは決してありえなかっただろう。村上文学がそのローカルな限界を突き抜けることができたのは、存在するものを共有できる人間の数には限界があるが、存在しないものを共有する人間の数に限界はないということを彼が知っていたからである。

おまけ

日本に帰ってきて『羊をめぐる冒険』のオリジナルが読めるようになったので、フランスにいたときに私がフランス語から逆輸入訳した箇所について、原文と私の訳文を比べてみることにする。私の「倍音」仮説によれば、この二つの文章のあいだには恐るべき同一性が見出されるはずである。

どきどき。

まず、最初のところ。私の訳はこうだ。

「葬式はあるよね？」と僕は訊ねた。

「さあ、知らないな」と彼は答えた。「第一、あの子に家なんかあったのかい。」

もちろん彼女にも家はあった。

オリジナルはこうだ。

「葬式はどこでやるんだろう?」と僕は訊ねてみた。

「さあ、わからないな」と彼は言った。「だいいち、あの子に家《うち》なんてあったのかな?」

もちろん彼女にも家はあった。

(『羊をめぐる冒険』㊤、九頁)

わお。すごい。

これは素直に「すごい」と言ってよろしいであろう。

ウチダは記憶力がいいから、村上春樹の原文を覚えていたんだよ。それを思い出しただけさ、という反論もあるだろう。しかし、その反論は(私の友人知人たちの)怒号のうちに退けられるはずである。夏休みが終わるとゼミの学生の名前を忘れ、五分前に名刺交換した相手と廊下ですれ違っても誰だかわからないような人間の記憶力についてはいかなる場合にも過大な評価を与えることはできない。

さて、もうひとつのもうちょっと長い方はどうであろう。さきほどの戦績を見ると、さらにどきどきしてきましたよ。

私の訳はこうである。

それはドアーズとストーンズとバーズとディープ・パープルとムーディ・ブルースの時代でもあった。空気にはなにかしらぴりぴりしたところがあって、あらゆるものが、あるいはほとんどあらゆるものが、わずか一蹴りでトランプの城のように崩れ落ちそうに思えた。

　ぼくたちは安いウィスキーを飲み、あまりぱっとしないセックスをし、どうでもいい話をいつまでも続け、本を貸したり借りたりして、日々を過ごしていた。出だしの悪かったあの六〇年代の上に、きしみを立てながら今にも幕が下りようとしていた。

オリジナルはこんな文でした。

　ドアーズ、ストーンズ、バーズ、ディープ・パープル、ムーディ・ブルーズ、そんな時代でもあった。空気はどことなくピリピリしていて、ちょっと力を入れて蹴とばしさえすれば大抵のものはあっけなく崩れ去りそうに思えた。

　我々は安いウィスキーを飲んだり、あまりぱっとしないセックスをしたり、結論のない話をしたり、本を貸したり借りたりして毎日を送っていた。そしてあの不器用な一九六〇年代もかたかたという軋《きし》んだ音を立てながらまさに幕を閉じようとしていた。

（『羊をめぐる冒険』㊤、十二頁）

村上オリジナルは「ムーディ・ブルーズ」と濁って表記してある。これはどちらが正しいのかよくわからない。よくわからないけれど、「ビートルス」とか「キンクズ」とかいう表記を講談社の校閲が黙過するはずがないということを勘案すれば、「ズ」でも「ス」でも、そんなことどうでもいいじゃないか程度のバンドだったということが知れるのである。

「あまりぱっとしないセックス」という訳語が一致していることに驚かれるかもしれないが（フランス語は *on faisait l'amour sans conviction*、「なんとなくセックスした」というのが近い）、これはたぶん「あまりぱっとしないセックス」という表現が村上作品に頻出するせいで（数えたことないけど、たぶんけっこう多い）、私がその表現になじんでいるせいであろうと思われる。

その他読み比べるとフランス語訳者のパトリック・ドゥ・ヴォスくんが、原文にない言葉を補っていることがわかる。

いいのか？　パトリック。

2002.7.5

3　うなぎと倍音

立て続けに「身体で読む」という話を聞いた。

一人は哲学者の木田元。大学時代にはじめてハイデガーを読んだときのことをこう回想している。

ああいうテキストを読むときは、とにかく毎日読む。一日に三、四ページぐらいずつ毎日読まなければ、なかなか片付かないですからね。そうするとだんだん文体が身についてくる。からだが文体に慣れていく。するとわかったような気になる。次に何を言うかわかる感じがするぐらいになってきます。

(木田元・竹内敏晴『待つしかない、か。』、春風社、二〇〇三年、四三〜四四頁)

同じく翻訳を業としている私にはこの言葉の「感じ」がよく分かる。「頭で読んでも分からない」難解きわまりない文章でも、「分からない分からない」と呻きながら毎日読んでいると、しだいに文章のリズムというかピッチというか、そういうフィジカルなものにこちらの身体がなじんでくる。すると、「理解できる」というより、次に何を言うかわかる感じがする。

これは常識的ではない。

次に何を言うかがわかるのは、ふつうは今相手の言っていることが理解できる場合に限られる。常識的にはそうだ。

今相手の言っている言葉が理解できていないのに、どうして次に何を言うかが予測できるはずがあるだろうか。

しかし、理解を超えるものを理解するという「離れ業」は、たぶんそういうふうに時間を逆行するようなかたちでしか到成しないのだ。

なぜだか知らないけれど。

この時間が逆走する体感を私は合気道の稽古でも時々経験することがある。

身体がよく動くときに、不意に「現在」が「過去」のように感じられる。すでに技をかけ終わって、受けが空中を舞っている「未来」の状態をありありと実感できる。すると、まるでリールが釣り糸を巻き込むように、「技をかけ終わった状態」に向けて身体が吸い込まれてゆくのである。

文法用語を使って言えば、そのとき身体は「前未来形」で運用されている。未来のある一時点からいま現在が「過去」として回想されているような体感がする。この「未来が先取りされている体感」は(木田元にとってのハイデガー読書がそうであったように)身体的な訓練の積み重ねによってしか得ることができない。理由はうまく説明できないけれど、どれほど想像力を働かせても、体感時間の流れを逆走させることは脳の手には余る仕事だ。
「身体が本を読む」という経験を語ってくれたもう一人は村上春樹。
J・D・サリンジャーの『キャッチャー・イン・ザ・ライ』の新訳に触れて村上春樹は柴田元幸にこう語っている。

極端なことを言ってしまえば、小説にとって意味性というのは、（……）そんなに重要なものじゃないんじゃないかな。というか、より大事なのは、意味性と意味性がどのように有機的に呼応し合うかだと思うんです。それはたとえば音楽でいう「倍音」みたいなもので、（……）倍音の込められている音というのは身体に長く深く残るんですよ、フィジカルに。

（村上春樹・柴田元幸『翻訳夜話2 サリンジャー戦記』、文春新書、二〇〇三年、三三頁）

物語の与える「感動」はフィジカルなものだ。それは物語の説話構造や文体や批評性とは別の水準での出来事である。「すぐれた物語」は「身体に残る」。だから、私たちは実は頭ではなく、身体で物語を読んでいるのである。
私は村上のこの物語観を経験的に支持する。これもまた文学についての常識には反しているだろう。だが、すぐれた言語表現は間違いなくある種の「響き」を発している。美術作品も、もちろん音楽も、すべての表象芸術は私たちの身体に「物理的に」触れてくる。

私は最近合気道に限らず武術というのはそのような「芸術」の一つではないかと思うようになった（「芸術」とは本来は武術の意であるし）。武術の発する震動はときには骨身を揺さぶるような轟きにもなるし、心身を鎮めるささやきにも変じる。時空を自由に往還し、深く自在に身体に染み込む。

私たちは日々の稽古を通じてその「響き」に耳を傾ける術を学んでいるのではないか。

このところそんなことばかり考えている。


（『合気道探求』第二六号、（財）合気会）

読者のとりつく島

本日は原稿締め切りが一件。日経の『旅の途中』一二四〇字。ブログネタをコピペしてさくさくと仕上げて送稿。

自分で書いたブログ日記の記事をコピペしているので、べつに「剽窃」とか「盗作」というのではないと思うのだけれど、なぜかかすかな疚しさを感じる。

というのは、そのブログ記事を書いたのは「過去の私」であって、その人の書き物を「私のものです」と言って売り物にするのは、なにか微妙に「いけないこと」のような気がするのである。

「過去の私と現在の私の合作です」ということであれば、まあ、言い訳にはなるが。

長い本の場合、初稿ゲラを直しているときに、「この話はどういうふうに展開するんだろう？」といつもどきどきしながら読む。「なるほど。そう来たか……」と感心することもあるし、「ちがうでしょ、それは。論理的に無理筋でしょうが」と机を叩いて怒ることもある。そういう箇所はただちに削除されて、別の文章に変わってしまう。他人の文章を添削しているのとあまり変わらない。

そういう作業が複数回行なわれた文章は、なんというか「複数の書き手」のアンサンブルのような、不思議な「和音」がある。

「倍音」といってもいい。

村上春樹はまず一気に最後まで書いて、それをもう一度頭から全部書き直すそうである。同一の書き手が同一の文章を二度書き直すと、そこには「一人でボーカルをオーバーダビングした」ときのようなわずかな「ずれ」が生じる。同一人物でありながら、二人の書き手のあいだに、呼吸にわずかな遅速の差があり、温度差があり、ピッチのずれがあり、それが「倍音」を作り出す。

この「倍音」が読者にとっては、「とりつく島」なのである。

たぶん、そうだと思う。

一人で一気にハイテンションで書くと、あまりに文章がタイトで緻密で「すきま」がなくなってしまうということが起こる。構成に破綻はなく、文体もみじんの揺るぎもないが、「とりつく島がない」文章というのが現にある。

そういうのはリーダブルな文章とは言えない。

私はこの「とりつく島」のことを勝手にコミュニケーション・プラットホームと呼んでいる。「読者の同意を求めるために、いったんたちどまること」をそういうふうに呼んでいる。ローマン・ヤコブソンは「交話的コミュニケーション」といったけれど、「プラットホーム」といったほうがわかりやすいような気がする。電車の乗り換えのときの駅の「プラットホーム」のことを想起していただければよい。

みんな、いったん「そこ」に来る。行き先がそれぞれ違うから乗り込む車両は違う。でも、誰でも一度は「そこ」に立つ。「そこ」に立たないことには、そもそも話が始まらないし、たとえ乗り込む列車を間違えても、「そこ」に戻ればやり直しが利く。

そういう「プラットホーム」がコミュニケーションにおいては必要であると私は考えている。

文章の場合だと、「この文に関してだけは、書き手と読み手のあいだに一〇〇パーセントの理解が成立している文」がそれに当たる。

かつて松鶴家千とせはこう歌ったことがある。

「オレがむかし夕焼けだったころ、弟は小焼けで、父ちゃんは胸やけで、母ちゃんはしもやけだった。わかるかな～。わかんね～だろうな～」

前半の「オレが」から「しもやけ」までの部分と、「わかるかな～。わかんね～だろうな～」という部分ではコミュニケーションのレベルが変化していることに気づかれたであろうか。

「オレがむかし」以下は聴き手に特段の「理解」を求めていない。というか「すぐには理解できないこと」であることが肝要なのである。

それに対して、「わかるかな～」以下は聴き手の一〇〇パーセントの即座の理解を求めている。

「私の話、わかりますか?」という問いかけは「私の話」には含まれていない。この問いかけの意味するところが理解できない聴き手は存在することがそもそも想定されていない。

「その意味するところが理解できない聴き手は存在することがそもそも想定されていない（し、現実に存在しない）」ような文のことを「プラットホーム」と呼ぶ。

これをどれほど適切に自分の書く文章のうちに配置できるかで、文章の「読みやすさ」は決定される。

「読みやすさ」というと語弊があるので言い直すと、どれほど「深い」レベルにまで読者を誘うことができるかが決定される。

「ふんふん」と頷きながら最後まで読んでしまって、ぱたりと本を閉じて、中身を「ぜんぜん理解できてない」ことに気づいて愕然とする……ということがたまにある。それはコミュニケーション・プラットホームの構築のされ方が巧みだからである。

養老孟司先生はコミュニケーションの達人であるが、その文章を一つ例に挙げる。

> 人々のあいだに共通するものはなにか。それは心だということは、戦中を考えたら、いやでもわかることである。さもなければ、特攻隊が許容されるはずがない。まさに一億玉砕なのである。でもあいつが死んでも、私は死なない。身体は別なのである。では心の共通性を保証する身体の基盤とはなにか。脳というしかないであろう。デカルトは西洋人だから、脳によって個を立てようとしたのだが、私は日本人だから、脳で世間を立てようとしたのである。

こうやって書いていても、自分の考えを表現することがいかにむずかしいか、よくわかる。人は一直線に考えるのではない。一直線に考えたように表現するのである。さもなければ、話が面倒になって、相手に伝わらない。

（養老孟司「鎌倉傘張り日記75」、『中央公論』二〇〇七年五月号、中央公論新社、六六頁）

たいへんわかりにくいことが書いてある。だが、それでも「この話を最後まで読みたい」という欲望は減殺されない。むしろ亢進《こうしん》する。

それは「こうやって書いていても、自分の考えを表現することがいかにむずかしいか、よくわかる」と養老先生ご自身が保証してくれているからである。

「これはわかりにくい話です」と書いた当人が言っている言葉を現に理解できている以上、この「わかりにくい話」も決して理解の埒外ということではないということについて、読者は今しばらく確信を維持することができる。養老先生があれほどむずかしい話ばかり書きながら、それがすべてベストセラーになりうるのは、この「コミュニケーション・プラットホーム」を差し出す手際がみごとだからである。

2007.2.2

倍音的エクリチュール

すでに何度も書いたことではあるけれど、改めて「倍音の不思議」についてまとめるとこういうことになる。

倍音というのは基本周波数の整数倍の周波数の音のことである。

合唱では聞こえるはずのない高音が「天から降ってくるように」聴取されることがあるが、これは倍音の効果である。歌手が一人で歌う場合も、舌の位置を微妙に調整して口腔内に同じ容積の共鳴空間を作り出すと、かなりはっきりとした倍音が出る。

モンゴルには倍音を効かせたホーミーという民族歌謡があることはご存じの方も多いだろう。本邦でも、「巫女系」の歌手は総じて倍音をうまく出すことのできるシンガーである（中島みゆきとか、ユーミンとか、美空ひばりとか）。

倍音の不思議は、それが「天から降ってくるように聞こえる」という点にある。

どうしてかというと、同一音源から二つ以上の音が同時に聞こえてくるからである。

ところが、私たちの脳は「同一音源は一つしか音を出さない」ということをルールに聴覚情報を編制している。

私たちはこのルールに基づいて、周囲に渦巻く無数の音を適切に聞き分けて、それが「どこ」から来たものか判断する。車を避けたり、暗がりで目覚まし時計を止めたりできるのは脳がこのルールを採用しているおかげである。

だから、同一音源から二つ以上の音がする倍音現象は脳からすれば「ルール違反」なのである。しかたなく脳は「この二つの音は、それぞれ別の音源から出たものである」と判断する。

基音は歌っている人の喉や演奏している楽器から出ているのだが、倍音の源は「そこ」であっては困る。

私たちは別に困らないけれど、脳は困る。

だから、脳は倍音を「ここではない他の場所」から到来した音であると判断する。

でも、「ここではない他の場所」なんて現実には存在しない。

倍音はそれゆえ原理的に「天使の声」として聴き取られることになるのである。

だが、倍音の不思議はそれにとどまらない。

倍音は現実音に基づいて、私たちの脳が「どこでもない場所から聞こえる音」とみなした音である。だから、それが「何の音」であるかの判断も結局は脳が下すことになるのである。

私たちの脳はその習性として、それを必ず既知の音に還元する。

天から降ってくる透き通るような高音なのであるから、キリスト教徒であれば、それは「天使の声」に聞こえるであろう。仏教徒の耳には「読経」の声に聞こえるかも知れないし、「梵鐘の音」に聞こえるかも知れない。

つまり、倍音は「出所不明の音」であるがゆえに、それぞれの民族文化において因習的に「天から聞こえるはず」と思いなされている音に同定されてしまうのである。

倍音を聴き取った人がいわく言いがたい感動にとらえられるのはそのせいである。

聴き手は自分の脳が作り出した音に自分で感動している。

古い言葉を使って言えば、倍音による感動というのは「マッチ・ポンプ」なのである。

だが、火事を起こすにせよ消すにせよ、自分ですべてやるのがいちばん確実という理屈からすれば、「マッチ・ポンプ」こそは「点火と消火」活動における理想なのである。

ただし、通常の「マッチ・ポンプ」活動においては、放火をしてから消火活動をする人間は自分がそれをやったことを知っているが、倍音聴取の場合には、倍音を聴きながら「自分が聴きたい音を想像的に作り出して、それを選択的に聴いている」ことを聴き手自身は知らない。

喩えて言えば、夜中に夢遊病状態になって翌日の朝ご飯を作ってしまう人のようなものである。

彼は毎朝目覚めるたびに「自分が今もっとも食べたいと思っていた当のメニューの朝ご飯」が食卓に準備されていることに驚愕する。彼はそれを「こびとさん」が夜中に作ってくれたものだと信じている。そして、「ああ、なんて美味しいんだ。こびとさんありがとう！」と天に感謝することになるのである。

難点は彼が「料理ができないやつ」だった場合は、いかなる感動ももたらされないということではない。

おそらくそれと同じ難点は倍音聴取の場合にも起きているのであろう。世の中には倍音を聴き取ることのできない人もいる。物理音としては存在している空気振動なのであるから、それが感知できないということではない。

そうではなくて、それを「天上の音楽」に同定できるような、因習的「天上」像を持っていないということである。

「天使」というような概念をそもそももたない人間は「天使の声」を聴き取ることができない。

だから、倍音経験の質はひとりひとりの人間がどのような「霊的成熟」を果たしているかによって決定される。

『荘子』「斉物論篇」には繰り返し「天籟《てんらい》」という語が見られる。古来きわめて難解な概念とされたものであるが、これはもしかすると「倍音」のことかもしれないと私は思う。

楚の隠者、南郭子綦《なんかくしき》は弟子の子游《しゆう》にその未熟の所以をこう告げる。

女《なんじ》は人籟《じんらい》を聞くも、未だ地籟《ちらい》を聞かず。地籟を聞くも天籟を聞かざるかな。

注解によれば、人籟とは楽器が奏でる音楽であり、地籟とは風にざわめきたつ大地が奏でる音楽である。この地籟は耳を澄ませば聞くことができる。

では、天籟はどのようにして聞くのでしょうか。子游の質問に子綦はこう答える。

夫《そ》れ万《よろず》の不同を吹きて、其れをして己《おのれ》よりせしむ。みな、其れ自ら取れるなり。（それはさまざまの異なったものを吹いて、それぞれに固有の音を生成させたものである。それは自ら選び取ったものである。）

洞窟に風が吹き込むと、あるときはすすり泣きのような、あるときは怒号のような「地籟」の音が生成する。同じように、天籟とは人間のうち喜怒哀楽の感情を生成させる「何ものか」である。それは効果だけがあって、かたちをもたない。しかし、現に喜怒哀楽、悲嘆や執着の情が生じている以上、「其の由る所（原因）」がどこかにあるはずである。『荘子』はそれを「真宰」（真の主宰者）と言い換える。

ひとりひとりの聴き手ごとに聞かれ方が異なり、つよいリアリティをともなって私たちを揺さぶる「天来の音」がある。それによって人間的意味は構築されている。それは現実の音ではない。聴き手の実存的な踏み込みを俟《ま》ってはじめて鳴り響く種類の「天来の音」なのである。

人間にはそのような音を聴き取る力がある。それは現実音ではないが、現実音に触発されて、人間のうちに生じる。その音は聴き取る一人一人の人間の霊的成熟の深さに従って、響き方の深さを異にする。

私は音楽に限らず、あらゆる芸術的感動は倍音経験がもたらすのではないかと考えている。

文学の喜びもおそらくはまた倍音の喜びなのである。

私たちはそこに「自分が今読みたいと思っている当の言葉」を読み当てて、感動に震える。「これは私だけのために書かれ、時代を超え、空間を超えて、作者から私あてに今届いたメッセージなのだ」という幸福な錯覚なしに文学的感動はありえない。

そして、ある種の作家たちは（ホーミー歌手がそうであるように）、文学的倍音を出す技術を知っているのである。

国内外の批評家の中に、村上春樹の文学がどうしてあれほどの文壇的孤立にもかかわらず、世界的ポピュラリティを獲得しえたのか、その理由について私に納得できる説明をしてくれた人はまだ一人もいない。

村上春樹は倍音を出す技術を知っている作家だからではないかと私は思う。

歌手が倍音を出すために採用している原理は比較的シンプルなものである。

それは「共鳴洞」を作り、同一音源から複数の音を出すということに尽きる。だが、音楽の先生によると倍音を出すときの「基音」は「ふつうの声」の方がいいらしい（ベルカント唱法の朗々たる歌声の場合よりも奇妙で複雑な倍音が出るらしい）。ホーミーの「地声」はほとんど「絞め殺される羊の鳴き声」のようなおぞましい声だが、そこから宇宙的なひろがりを持つ倍音が響く。

文学の場合も、おそらく音楽と同じように、同一のフレーズのうちで、「基音」と「倍音」が輻輳《ふくそう》するのである。

「基音」にはできるだけ現実音に近い、シンプルで、素朴な音が選ばれる。作家の中には物語の舞台の時代や場所を特定されることを忌避する人もいるけれど、私が知る限り、「倍音」系の作家は「基音」に相当するこの「平凡な現実」の描写にかなり力を割く。バルザックのように壁紙の描写だけに何頁も注ぎ込む作家の場合だって（意地の悪い文学史家は「原稿枚数を稼ぐため」というけれど）、倍音を発生させるための「ぬかどこ」のようなものを丹念にこしらえていると考えることもできる。

映画『アマデウス』の中でモーツァルトの楽譜を盗み見たサリエリが衝撃を受けた経験を語る場面がある。


譜面にはどこといって見るべきものはなかった。出だしは単純で、ほとんど滑稽でさえあった。バスーン、バセットホルンがぎこちなく響く。さびついたような音だ。だが、突然、そのはるか天の高みから（*high above it*）オーボエが自信に満ちた音色を響かせる。

サリエリはその瞬間にモーツァルトの天才性を確信して愕然とする。

「はるか天の高みから」音が響く。そしてそのときに、サリエリはモーツァルトの才能に対するはげしい嫉妬と、「これが天からの声であることを聴き取ることができるのは私ひとりだ」という「選ばれた聴衆」であることの自負のあいだに引き裂かれる。

サリエリのこの葛藤はある意味ですべての芸術作品を享受するときに私たちひとりひとりのうちで起きていることではないか。

「これが天からの声であることを聴き取ることができるのは私ひとりだ」という「選ばれた受信者」であることの確信こそ、「倍音」的芸術がもたらす至上の喜びなのである。

そして、不思議なことだが（あるいはある意味当然のことだが）、それが「私ひとりを受信者に選択したメッセージ」であるという確信を得るためには、それは「私以外の受信者にはうまく届かないメッセージ」であるという（意識には前景化しない）確信もまた必須のものなのである。

あるメッセージがダブル・ミーニングをもつためには、それが「ダブル・ミーニングをもつメッセージであること」が表面的には決してわからないように書かれていることが必要である。それは暗号が暗号として機能するためには、それが暗号であることは外見的にはわからないことが条件であるのと同じことである。「いまから私が書くことには『裏の意味』がありますから、注意して読んで下さいね」というようなおめでたいアナウンスをしてから暗号的メッセージを送信する作家はいない。

シンプルに、ストレートに、ただそこにあるものを「それ」と指示し、記述するだけの機能しか託されていないようなセンテンスからのみ「倍音」は生成する。仰々しい舞台装置や美辞麗句の伽藍の上に「ごお〜ん」と鳴り出すわけではない。そんな装置がしつらえてあったら、そこから倍音が聞こえることがみんなにもわかってしまうではないか。

他の人々が単なる指示的機能しか認めないセンテンスに、私だけが「私あてのメッセージ」を聴き取るということが倍音的エクリチュールの構造なのである。

村上春樹の愛読者たちの「選ばれた受信者」感覚は他の作家に比べてより先鋭であるが、それは彼が「批評家たちにぜんぜん評価されない」という文壇的事実によっていっそう強化されている。皮肉なことだが、批評家たちが「私には何も聞こえない」と声高に言えば言うほど、「では、私が聴き取っているこの倍音は、私だけに聞こえているのだ」という読者ひとりひとりの確信は深められる。批評家たちは逆説的なことに、村上春樹からは「何の音もしない」と言い続けることで、販促活動に活発な協力を果たしているのである。

2007.6.22

うなぎくん、小説を救う

柴田元幸さんからどかどかと本が送られてきて、読むのがぜんぜん追いつかない。とりあえずいちばん最近届いた『柴田元幸と9人の作家たち』から読むことにする。これは柴田さんが九人の作家に会ってインタビューしたのをそのままCDにして本に付けてしまったという、大胆な本である。

九人目の村上春樹インタビューから読む。

面白い。

思わず「おおお」となった箇所をそのまま採録。

村上　（……）僕はいつも、小説というのは三者協議じゃなくちゃいけないと言うんですよ。
柴田　三者？
村上　三者協議。僕は「うなぎ説」というのを持っているんです。僕という書き手がいて、読者がいますね。でもその二人でだけじゃ、小説というのは成立しないんですよ。そこにはうなぎが必要なんですよ。うなぎなるもの。
柴田　はあ。

村上　いや、べつにうなぎじゃなくてもいいんだけどね（笑）。たまたま僕の場合、うなぎなんです。何でもいいんだけど、うなぎが好きだから。だから僕は、自分と読者との関係にうまくうなぎを呼び込んできて、僕とうなぎと読者で、３人で膝をつき合わせて、いろいろと話し合うわけですよ。そうすると、小説というものがうまく立ち上がってくるんです。

柴田　それはあれですか、自分のことを書くのは大変だから、コロッケについて思うことを書きなさいっていうのと同じですか。

村上　同じです。コロッケでも、うなぎでも、牡蠣《かき》フライでも、何でもいいんですけど（笑）。コロッケも牡蠣フライも好きだし。

柴田　三者協議っていうのに意表つかれました（笑）。

村上　必要なんですよ、そういうのが。でもそういう発想が、これまでの既成の小説って、あんまりなかったような気がするな。みんな読者と作家とのあいだだけで、ある場合には批評家も入るかもしれないけど、やりとりが行なわれていて、それで煮詰まっちゃうんですよね。そうすると「お文学」になっちゃう。

でも、三人いると、二人でわからなければ、「じゃあ、ちょっとうなぎに訊《き》いてみようか」ということになります。するとうなぎが答えてくれるんだけど、おかげで謎がよけいに深まったりする。（……）

柴田　で、でもその場合うなぎって何なんですかね（笑）。
村上　わかんないけど、たとえば、第三者として設定するんですよ、適当に。それは共有されたオルターエゴのようなものかもしれない。簡単に言っちゃえば。僕としては、あまり簡単に言っちゃいたくなくて、ほんとはうなぎのままでおいておきたいんだけど（……）

（柴田元幸編訳『柴田元幸と9人の作家たち』、アルク、二〇〇四年、二七八〜二七九頁）


「うなぎ」には私も意表を衝かれた。

でも、これはモーリス・ブランショが「複数的パロール」という概念で言おうとしていたこととすごく近いような気がする。

ブランショはこう書いていた。


「どうしてただ一人の語り手では、ただ一つの言葉では、決して中間的なものを名指すことができないのだろう？　それを名指すには二人が必要なのだろうか？」

「そうだ。私たちは二人いなければならない」

「なぜ二人なのだろう？　どうして同じ一つのことを言うためには二人の人間が必要なのだろう？」

「同じ一つのことを言う人間はつねに他者だからだ」
（モーリス・ブランショ『終わりなき対話』、一九六九年）

あるいはレヴィナスが「第三者」（*le tiers*）という概念で言おうとしていたことにも、かなり近いのでは……。

〈あなた〉の顔が私をみつめているあいだも、〈無限〉はつねに〈第三者〉すなわち〈彼〉としてとどまっている。〈無限〉は〈私〉に影響を及ぼすけれど、〈私〉は〈無限〉を支配することができないし、〈無限〉の法外さを〈ロゴス〉の起源（*arch*）を通じて《引き受ける》こともできない。〈無限〉はそのようにして〈私〉に無起源的（*anarchiquement*）な影響を及ぼし、〈私〉のいかなる自由にも先行する絶対的受動性において、痕跡としてみずからを刻印し、この影響が励起する《他者に対する有責性》として顕現するのである。
（エマニュエル・レヴィナス『困難な自由』、一九六三年）

うーむ、きっと、そうだ。
同じような生成的な機能を私は高橋源一郎が造形した「タカハシさん」という語り手のうちに見出して、それについてちょっとだけ書いたことがある。

でも「うなぎ」とはまた……なんと喚起的なメタファーだろう。「オルターエゴ」とか「《私》と名乗る他者」とか、そういうややこしいことを言わないでずばり「うなぎ」と言い切るところが村上春樹の作家的天才だと思う。

こういうことばの選び方は、やはり *reader friendly* という村上春樹のマナーを反映していると思う。

それについてはこういう発言があった。

村上　（……）僕は本当にできるだけ、小説というものの敷居を下げて書きたい。それでいて質は落としたくない。僕が最初からやりたかったことはそれなんですよね。

柴田　うんうん。

村上　とにかく、エスタブリッシュメントみたいな小説は書きたくないし、かといって、アヴァンギャルド的な反小説的な小説というのも書きたくない。そういう形で崩しはやりたくない、と。メインストリームに近いところで、敷居を低くしながら、いろんなものを作り変えていきたい、と。そういうのが僕の最初からのつもりですよね。

変なたとえだけど、優れた映画というのは、ミニシアターみたいなところで、少人数で知的に見ないといけないと思っている人はけっこういるけど、たとえば『マトリックス』を見て、『マトリックス』のなかの何が面白いのかというのを皆にわかりやすく、すごくラディカルに説明できる人もいるわけですよね。僕はどっちがあってもいいと思うんですよね。（……）

そういうものを、非知性的だ、大衆的だとばかにすることは、わりに簡単にできちゃうんですよ。（……）

いい小説が売れない、それは読者の質が落ちたからだっていうけれど、人間の知性の質っていうのはそんな簡単に落ちないですよ。ただ時代時代によって方向が分散するだけなんです。この時代の人はみんなばかだったけど、この時代の人はみんな賢かったとか、そんなことはあるわけがないんだもん。知性の質の総量っていうのは同じなんですよ。それがいろんなところに振り分けられるんだけど、今は小説のほうにたまたま来ないというだけの話で、じゃあ水路を造って、来させればいいんだよね。と、僕は思うけど、こんなこと言うと、また何だかんだ言われるかもしれないなあ（笑）。

（同、二七二～二七五頁）

私は村上春樹のこの発言に全面的に賛成である。

これはとても「まっとう」な考え方だと思う。でも、この村上春樹のリーダー・フレンドリーネスが、日本の既成の文学制度に対する激しい攻撃性に裏づけられていることも見落としてはいけない。このスタンスはデビュー当時からぜんぜん変わってない。

村上　よくね、日本でも「村上が日本文学をだめにした」とか言われるんだけど。だってね、僕ごときにだめにされるような文学なんて、最初からだめだったんじゃないか、というふうに正直に言って思いますね。開き直って。

（同、二八五頁）

いやー。相変わらずムラカミ先生快調ですね。

というわけで、柴田元幸先生になりかわりまして、『柴田元幸と9人の作家たち』をつよくご推奨させていただきます。面白いぞ。

2004.4.12

ランゲルハンス島の魔性の女

東京は三九・五度を記録したそうであるが、京都も暑かった。

集中講義二日目は（註：この夏休み、私は京都大学で集中講義をしていたのである）、セックスワーク論から始まって、メタ・コミュニケーションから「大文字の他者」（@ラカン）と「うなぎ」（@村上春樹）と「中間的なもの」（@モーリス・ブランショ）へずるずると流れて、どういうわけか「居着き」と『張良』（@漢書）の話。最後は黒田鉄山の民弥流居合のビデオで締める。

いったい、なんの講義なんだろう。話している私にもよくわからない。

よくわからないけれど、話しているのが同一人物である以上、これらの牛がよだれを繰るようにでれでれと流れ出る小咄のあいだには何らかの内的連関があると考えねばなるまい。

昨日考えたのは、人間存在がフローの状態にあって、運動の自由を確保しているということは、おのれ自身のうちに「異物」があって、その異物となんとか身をなじませようとして、「身をよじる」ようにしてじたばたしているということではないか、ということである。

例えば、あなたの背中が痒いとする。

「ううう、痒いぜ」ということで、我慢できずにじたばたする。

手を背中に必死で伸ばし、身体をねじ曲げ、摩擦を求めて床を転げ回る。こんな角度でよく手が曲がるな……と本人が感心するくらいに身体がやわらかく動く。

これは身体の外側から何か刺激があって、それに「反応する」というときの動きかたと違う。外側から到来する異物に「対処する」という場合の運動と、内側にある違和と「なじむ」ために身をよじるときの運動は質が違う。運動に動員される身体的リソースの数は、おそらく桁違いに「内側の違和になじむ」ための方が多い。

つまりはそういうことじゃないかと思う。

たとえば、精神分析的対話ではトラウマ的体験について語る。トラウマ的体験というのは、比喩的に言えば「内臓の痒み」のようなものである。「膵臓の裏側が痒い」というようなことになったとしても、そんなところ掻きようがない。

掻きようがないけれど、めちゃ痒い。必死でそこらへんを掻きむしり、輾転反側《てんてんはんそく》するけれど、どうにもならない。

でも、どうにもならないんだからあきらめて静かにしてましょうというわけにはゆかない。

しかし、この掻きむしり行動やどたんばたん行動によって、周囲の人も「こいつは、どうやら背中やお尻が痒いんじゃなくて、どうにも手が届かないところが痒いみたいだ」ということがわかる。

周りの人にわかってもらえると、少しだけ症候は緩解する。

「わかる？　痒いの。おなかの下の方の裏っかわあたりが、すげー痒いの。わかる？」

「おお、わかるわかる。わかんないけど、わかる。きっとあれだよ。ランゲルハンス島に何かが漂着しちゃったんじゃないかな」

「そ、そうかな」

というふうに話が展開するわけである。

つまり、この「内臓の痒み」を奇貨として
(一) 言語化できない内的違和感を近似的に言語化し、他者とのコミュニケーションの回路を立ち上げる
(二) 内的違和に身をなじませるために七転八倒して、身体の可動域とフレキシビリティを最大化する
ということが到成せられるのである。

どちらにしても「内臓の痒み」には最後まで手が届かない。けれども、内部に抱え込んだ痒み=トラウマに身をなじませ、それと共生する方法を必死で探るうちに、人間はいつの間にかその言語運用能力と身体運用能力を飛躍的に向上させている。

内部に違和を保持すること。

村上春樹が「うなぎ」を呼び出すのも、ブランショが「ひとつのことを語るには二人の人間が必要だ」というのも、帰するところは、同じことではないだろうか。

黒田鉄山は「到達できない術技の境域」「実現できない身体運用」というものをいわば「虚

数」としてその身体の中に抱え込み、それとの違和に苦しむことで、おのれの術技の継続的な向上を担保している。

どのようにしてこの「内的違和」や「虚数」をアクティヴの状態に保ち続けるか。みなさんが考えているのは、どうもそういう問題のような気がする。

だから「話を簡単にしちゃダメ」とさいぜんから申し上げているのである。

絶えざる前言撤回によって、漸近線的には近づくけれど、決して十全には記述できない何かが「わがうちにある」という違和感、つまり「隔靴《かっか》掻痒《そうよう》」性こそが人間を人間たらしめている根源的な要件ではないか。

ウチダは酷暑の京都でふとそんなことを思いついたのである。

2004.7.21

村上文学における「朝ご飯」の物語論的機能

「村上文学において朝ご飯が象徴するもの」というのはアメリカの大学院の日本文学研究科の修士論文に選ばれそうな、なかなかに深遠な主題である。お題を頂いたことを奇貨として、村上文学における「朝ご飯」の物語的機能について、これまで漠然と考えてきたことをまとめておきたいと思う。

個別的考察に入る前に、まず基礎的事実の確認から。

「ご飯を食べる」というのは人間にとって生きる上での、何より他者とともに生きる上での基本である。「他者とともに」という限定がある以上、それは単に生理的必要を満たすということには尽くされない。何を、どのような料理法で、どのように調理して、どのようにサーブして、どのような形式で、誰と食べるかということは、私が何ものであるかを決定する、すぐれて記号的なふるまいだからである。

「個食」「孤食」という食べ方が私たちの社会にはしだいに浸食してきているが、これは「共同体への帰属を拒否する」という社会的記号として解釈することができるし、現にそう解釈されている。というのは、「共食」(「ともぐい」と読まないでね)こそが人類にとって最も古い共同体儀礼だからである。共同体成員が集まって、同じ食物、同じ飲み物を分かち合う儀礼を持たない集団は存在しない。

それは一義的には生存のための貴重なリソースを「あなたに分かち与える」という「友愛のみぶり」である。

同時に、同じものを繰り返し食べることを通じて、共食者たちは生理学的組成において相似し、嗜好と食性を共有し、やがて同じような体臭を発するようになる。そのようにして人々はある種の「幻想的な共身体」のうちに分かちがたく統合される。

見落とされがちなことだが、食事はさらに一種の「身体技法」でもある。あらゆる食物はそれぞれに固有の「食べ方」を要求する。身をほぐし、皮を剥ぎ、切り刻み、掬い取り、舐め回し、噛み砕き、啜り上げ、嚥下する……という食物の摂取が要求される一連の動作は定められた「コレオグラフィ」を有している。共同体の会食は「群舞」に似ている。二人の会食者が差し向かいで食事をするのは、バレエにおける「パ・ド・ドゥ」に等しい。だから、恋愛の初期に男女がレストランで食事をするときに、二人がまったく同じ料理を選ぶことは心理的には忌避されるのである。それは、まだよく知り合っていない二人にとって、全く同じ料理を同時にサーブされて、同時に食べ始め、同時に食べ終わることが技術的にきわめて困難だからである。それよりは「違う踊り」を選ぶ方がよい。その場合に要求されることはとりあえず「同時に食べ終わる」ことだけである。サーブされる時間がずれ、使うナイフやフォークの種類が違い、食べ方が違うけれども、箸を置くタイミングがだいたい同じである場合に私たちは「パ・ド・

ドゥ」のステップを間違えずに踊り終えたというささやかな達成感を得ることができる。これは身体的な「同期」をめざしているという点では、男女のエロス的交わりと変わらない。身体の基礎リズムの波形が合うことを、身体論の術語では「コヒーレンスが合う」とか「アラインメントが整う」とか「合気する」という言い方をする。そのような同期経験はすべての生物に深い「種族的」な共生感を与えるのである。

これだけを予備的に確認しておけば村上文学の解明の手がかりとしては十分だろう。すなわち、食事の提供は「友愛のみぶり」であること、共食は生理的「共身体」の形成をめざしていること、食事を一緒に食べることは一種の「舞踊」であり、同期的共生感をめざしていること。村上春樹はその小説の中で登場人物が食事をする場面が異常に多い作家である。そればかりか、エッセイの中でも書き手は食べることの重要性について書き続けている。

例えば、『村上朝日堂はいかにして鍛えられたか』(朝日新聞社、一九九七年)の中で、村上はあるレストランに対する「苦情の手紙」の現物を紹介さえしている(忙しいだろうに)。私が記憶する限り、村上春樹がそのエッセイの中でサービスについて文句を言ったことがあるのはアメリカの保険会社の電話係くらいで、基本的には商業的なサービスについてはかなり寛大な人物であるように思われる。このレストランはその村上春樹が「ほとんど激怒」している唯一の例外である。特に祝祭的な機会を選んで、年に二回しかしないネクタイを我慢してまで出かけたフレンチ・レストランで、料理は文句のつけようがなく美味しかったけれど、「サーブをされる方に、六つか七つの具体的に不愉快な、筋の通らない、あるいはいささか配慮に欠けた言動が見受けられました」ということについて村上春樹は（すごく）怒っているのである。たぶんこれは村上春樹が食事をすることの祝祭性にどれほどの重さをおいているかを傍証するであろう。

もう一つ、『世界の終りとハードボイルド・ワンダーランド』の中で、魅力的な登場人物である図書館の女の子がセックスとご飯の類似性について語っている場面を引いておこう。主人公の「私」とのセックスが彼の都合で不首尾に終わったあとの彼女の言葉。

でもべつに急いでなおさなくてもいいのよ。私の生活は性欲よりはむしろ食欲を中心にまわっているようなものだから、それはそれでかまわないの。セックスというのは、私にとってはよくできたデザート程度のものなの。

（『世界の終りとハードボイルド・ワンダーランド㊤』、新潮社文庫、一九八八年、一六四頁）

それは逆に言えば「よくできたデザート」を供されることは彼女にとってセックスするのと同じくらいの快楽と親密さを約束するということである。

というところで、これでようやく朝ご飯の話を始めることができる。

村上春樹の全作品における「朝ご飯場面」を網羅的に吟味した（したのである）限り、わかったことがいくつかある。まず異論の余地のない出発点から。

当然のことのように思われるかも知れないが、村上作品の登場人物たちは朝ご飯を一人または二人以上で食べる。そして、一人で食べるときと二人以上で食べるときでは、食事の意味がまったく違っているということである。

一人で食べるときのメニューはだいたいトーストとコーヒー（たまにオムレツとリンゴジュース）。前夜に飲みすぎたり煙草を吸いすぎた場合に、「僕」の朝ご飯はあまり味がしない。例えば、『羊をめぐる冒険』で、まだ冒険が始まる前の、あまりぱっとしない朝ご飯はこんなふうに描写される。


僕は冷蔵庫からオレンジ・ジュースを出して飲み、三日前のパンをトースターに入れた。パンは壁土のような味がした。

（『羊をめぐる冒険㊤』、二一四頁）


『ダンス・ダンス・ダンス』で「僕」がいるかホテルで空しく日を過ごすときに食べる朝ご飯は「食べると綿ぼこりみたいな味」がする。

つまり、「僕」にとって朝ご飯（しばしばトースト）の味は、「僕」が投じられている状況そのものの不毛性質の比喩になっている。

だが、朝食の場に相手がいても、その人物が「共食」を拒絶する場合には、朝ご飯の味は損なわれる。『羊をめぐる冒険』の冒頭で、泥酔して帰宅した「僕」をキッチンで待つ別れた妻との気まずい朝食の記述を見てみよう。「僕」はコーヒーを淹れるが、彼女は「寒さをしのぐような格好で両手でコーヒー・カップを包みこみ、縁に唇を軽くつけたままじっと僕を見ていた」だけで、それを飲もうとはしない。彼女は「僕」のためにサラダを作っていてくれた。

僕は冷蔵庫からサラダの入った青い沖縄ガラスの深皿を取り出し、瓶の底に五ミリほど残っていたドレッシングを空になるまでふりかけた。トマトといんげんは影のように冷《ひん》やりとしていた。そして味がない。クラッカーにもコーヒーにも味はなかった。

（同、三〇頁）

共食者をもたない朝ご飯はその場に他者がいあわせても、「味がない」のである。ところが、誰かと分かち合うことができるときには、モノクロの映画がカラー画面に変わったように、朝ご飯は暖かく豊かな食感を回復する。『ダンス・ダンス・ダンス』でガールフレンドに朝ご飯をふるまうときはこんなふうだ。

「朝ご飯、何がある?」と彼女は僕に尋ねる。
「特に変わったものはないね。いつもとだいたい同じだよ。ハムと卵とトーストと昨日の昼に作ったポテト・サラダ、そしてコーヒー。君のためにミルクを温めてカフェ・オ・レを作る」と僕は言う。
「素敵」と彼女は言って微笑む。

(『ダンス・ダンス・ダンス㊤』、講談社文庫、一九九一年、二二一~二二三頁)

五反田くんの家にコールガールたちを呼んだ翌朝、四人で食べる朝ご飯の場面にもある種の幸福感が漂っている。

僕が台所でコーヒーを作っていると、あとの三人が目を覚まして起きてきた。朝の六時半だった。(……)僕らは四人で食卓についてコーヒーを飲んだ。パンも焼いて食べた。バターやらマーマレードやらを回した。FMの「バロック音楽をあなたに」がかかっていた。ヘンリー・パーセル。キャンプの朝みたいだった。
「キャンプの朝みたいだ」と僕は言った。
「かっこう」とメイが言った。

(同、二八五頁)

『世界の終りとハードボイルド・ワンダーランド』で「私」が図書館の彼女と食べる生涯最後の朝食はたぶん村上文学の中で一番豪勢な朝ご飯だろう。

私は鍋に湯をわかして冷蔵庫の中にあったトマトを湯むきし、にんにくとありあわせの野菜を刻んでトマト・ソースを作り、トマト・ピューレを加え、そこにストラスブルグ・ソーセージを入れてぐつぐつと煮こんだ。そしてそのあいだにキャベツとピーマンを細かく刻んでサラダを作り、コーヒーメーカーでコーヒーを入れ、フランス・パンに軽く水をふってクッキング・フォイルにくるんでオーヴン・トースターで焼いた。食事ができあがると私は彼女を起し、居間のテーブルの上のグラスと空瓶をさげた。

「良い匂いね」と彼女は言った。

(『世界の終りとハードボイルド・ワンダーランド㊦』、三〇一〜三〇二頁)

他者と分かち合う朝ご飯は、何よりも「同期」の感覚をもたらす。

『ダンス・ダンス・ダンス』の朝食の頂点は「僕」の「キャンプの朝みたいだ」にメイが「かっこう」と応じるときに訪れる。その同期の経験は「僕」に深い共生感をもたらす。だから、メイが死んだあとも「喪失感」を覚えるたびに、「かっこう」の声は繰り返し「僕」の耳に響くのである。

『世界の終りとハードボイルド・ワンダーランド』の朝食も「私」が図書館の女の子と親密なセックスをした翌朝のものだ。だから、実は「良い匂いね」のあとには重要な一節が続く。

「もう服を着ていいかな?」と私は訊いた。女の子より先に服を着ないというのが私のジンクスなのだ。文明社会では礼儀というのかもしれない。

(同、三〇二頁)

服を「同時に」着ることを「礼儀」にかかわる規範であると感じるのは人間として健全なことである。親密な性行為のあとには、一方が他方「より先に」服を着るということは心理的には忌避される。「同時に服を着る」のは「同時に箸を置く」のと同じく、同期を確認する微かな、しかし確実なシグナルである。私たちは性行為のあとに、相手をベッドの中に取り残しててきぱきと食事の支度をすることは「友愛のみぶり」として解釈するけれど、てきぱきと身支度をすることは「礼儀にかなっていない」というふうに解釈する。それは人類学的には遠い起源を持つ判断なのである。

『世界の終り……』の「私」はたぶんこのとき裸で朝ご飯の支度をしていたはずである。「裸で家事をすること」について、村上春樹は深い関心を寄せている。『村上朝日堂はいかにして鍛えられたか』は「全裸家事主婦」のトピックに二回分十頁を割いた。アメリカの新聞の人生相談で読んだ「全裸で家事をする主婦」の記事にインスパイアされて村上春樹はこう書いている。

（……）その後も「全裸家事主婦」のことは、不思議に僕の頭を離れなかった。電車の吊り革に一人でつかまってぼおっとしていると、裸で白菜を切ったりアイロンをかけたりする主婦の姿がふと頭に浮かんできたものだった。そもそも人はいったいどのような過程を経て、全裸で家事をしようという発想にいたるのか？　そんなことをあれこれと考えているうちに僕も、「いや、服を脱ぎ捨てて裸で家事をするのは、けっこう気分のいいものかもしれないぞ」と考えるようになった。

（村上春樹・安西水丸『村上朝日堂はいかにして鍛えられたか』、朝日新聞社、一九九七年、六〇頁）

『世界の終り……』はこのエッセイよりも時間的にはかなり前に執筆されている。だから、「全裸家事主婦」に驚いている村上自身は自作の主人公に「全裸家事」をさせていることをたぶんこのときには忘れていたのだと思う（自作は読み返すことがないので、何を書いたのか覚えていないと村上春樹は繰り返し断言しているし）。だから、「全裸家事」に対する村上のこの「好意的な関心」は自作の主人公がガールフレンドに示した「礼儀正しさ」への村上の好意的評価から導かれたと考える方が自然だろう。

以上、「村上文学の中の朝ご飯」の物語論的な機能について、思うところを述べてみた。村上春樹が世界的なポピュラリティを享受していることについて、多くの批評家がその「謎」を解明しようとしているけれど、私は村上文学は「共同体はどのようにして立ち上げられ、どのようにして崩壊するか」というすべての人間にとって根源的な主題を、ほとんどそれだけを執拗に（それと気づかずに、「お気楽エッセイ」にまで）書き続けていることによって世界性を獲得したと考えている。それはこの「朝ご飯」についての短い考察からも知れるはずである。

（『トム・ソーヤー・ワールド』二〇〇六年十二月号、ワールド・フォトプレス）

比較文学とは何か？

大学院で「比較文化特殊講義」というものを担当することになったので、いきおいで、学部の専門教育科目講義も「比較文学」にしてしまった。

「比較文学」というのははじめて担当する授業である。はじめて担当するどころか、自分が大学や大学院に在学中にそんな名称の授業を聴講した覚えがない。比較文学会にも入っていないし、そもそも比較文学の本を読んだ覚えがない。

大胆である。

大胆であるというよりは無謀である。

私は自分が知っていることを教えるのはあまり好きではない（もう知っていることだから、本人は退屈である）。しかし、自分が知らないことは教えられない。

しかたがないので、自分が「知りたい」と思っていることを教える。勉強しながら泥縄で教えるのである。

この泥縄的教授法はなかなかスリリングである。

ふつうは講義の寸前までその日の分のノートを必死になってつくっている。もっと前から準備すればいいのだろうが、あまり前から準備しておくと、かえってよくない。肝心の講義のときに、自分のノートに書いてあるメモや記号やあやしげな図式の意味が分からなくなってしまうからである。ノートをつくっているときには「おお、そうだったのか。すべての謎は解けたぞ、むふふ」などとつぶやきながら書いていたのだろうが、しばらくたってしまうと、いったいどういう思考回路でこういうことを考えていたのかが本人にも再現できない。

だから、原則としては、直前に「火」を入れて、思考回路がその主題をめぐって「回り出した」のをみはからって教場へ出かけるのである。

うまくいくときはうまくいって、講義のさなかにインプロヴィゼーションの絶頂を迎えることもある。反対に講義十五分前に「では、エンジンを点火するか」とノートを拡げたところで電話がかかってきたり、学生さんが乱入してきたりすることがある。こういうときは教壇の上で「まっしろ」になってへらへらするしかない。本人も悲しいが、学生さんにもたいへん申し訳ない。

「比較文学」では当然、講義の最初に「比較文学とは何か？」というラディカルな問題を論じなければならない。

こういうときに『比較文学とは何か？』というようなタイトルの本を探してしまうようでは、ご同輩、まだまだ修行が足りませぬと言わねばならない。

私はそういうハウツー本には原則として頼らない。苦い経験があるからだ。

高校一年生のとき、少しむずかしい社会科学の本を読み出したら、あちこちに「弁証法」という言葉が出てきた。「弁」じて「証」するのであるから、説得術のようなものであろうかと推察するが、それではさっぱり前後の文脈となじまない。困ったのでクラブの先輩である三年生のイトウさんに思い切って訊ねてみた。

「センパイ、『弁証法』ってどういう意味ですか？」

イトウさんはにこやかに答えてくれた。

「うん、例えば内田君がキャッチボールをしていて、近所の家のガラスを割ったとするだろ」

当時の私はまだ純真なところがあったので、ぽかんと口をあけたまま二分くらいおとなしくその続きを聞いてしまった。

イトウさんの教訓は「知りたいことについては身銭を切れ」ということだったと私は理解している。知る価値のあることは「ひとことで」教えられるようなものではない、ということを私はこの経験を通じて学んだ。

爾来、私は「……とは何か？」という題名の本は手に取らない。

だから、当然「比較文学とはどういう学問か」というような本も読まない。

ある学術「について考える」というのは、その学術の提供するフレームワークの「中」では、こういうふうに思考し、こういうふうに叙述するのが「約束」になっています、という指示に「はいはい」と聴き従うことではない。そのようなフレームワークが、どのような知的な「欲望」や「欠落感」に呼応して生まれてきたのか、その起源は何か、その機能と効果はいかなるものか、について考えるということである。

なぜ、異なる文化圏に属する文学テクストを比較照合することに「意味」があるのだろう？　意味があるということはすぐ分かる。たぶん、それは言語が私たちの思考や経験を規定するということと深い関係があるのだろう。それはよい。

だが、なぜ「文学」なのか？

なぜ「比較言語学」や「比較社会学」では不十分なのか？　なぜ「比較経済学」や「比較物理学」や「比較生理学」といった学術分野についてはほとんど語られないのか？

文字で書かれたものであるかぎり、どのようなテクストにだってそれぞれの国語の、それぞれの言語文化圏の社会制度や思考様式の特性が反映しているはずである。それを比較するのではなぜいけないのか？　なぜ文学でなければならないのか？

こういう問いについて考えるのは楽しい。

以下は、その講義のために、私が例によって「直前」にかきなぐったノートである。

比較文学講義の目的

①　私たちのものの感じ方や考え方は、私たちが使用する言語によって決定的に規定されています。

② 私たちの前に広がっている世界は本質的には「アナログ」な連続体です。それを、私たちはそれぞれの国語に従って、「デジタル」に分節します。実際には「切れ目」が入っていない世界をあたかもあらかじめ「切れ目」が入った世界であるかのように認識するのです。世界に「切れ目」をいれるのは私たちが使っている言語です。

③ 比較文学とは、簡単に言ってしまえば、それぞれの国語共同体が「同一の世界」をどのように「違った仕方で」経験するか、という問いを、おもにそれぞれの国語の特殊性に基づいて解明しようとする試みです（と私は勝手に定義しちゃいます）。その作業は文学テクストを素材にとることが有効であると私たちは考えます。

④ しかし、どうして文学なのでしょう？ もし、言語的な世界分節の特殊性を比較することが目標なら、言語表現であれば、なんでもよいわけです。
例えば、憲法の条文でも歯磨きの使用説明書でも数学の教科書でも、それらはすべて言語的テクストであることに変わりはありません。

しかし私たちはそのようなものを比較文学の素材には取り上げません。

なぜでしょうか？

いちばん分かり易い説明は、「そういったテクストは世界中に共通の意味や価値を扱っているから、ある国語の特殊性を探る手掛かりにはならない」というものです。

なるほどね。

しかし、たいていの簡単すぎる説明がそうであるように、この説明も原因と結果を取り違えています。

これらの非－文学的テクストが比較の対象として不適切なのは、それらが「翻訳不可能」だからです。

なぜなら、「世界の誰にでも共通の意味や価値」を扱っているといわれるテクストは、そうでない意味や価値の「抑圧と隠蔽」の上に成り立っているからです。

⑤「憲法」について考えてみましょう。それは「自然権」とか「基本的人権」とか「公共の福利」とかいかにも世界共通の概念を使って書かれているように思われます。しかし、ほんとうにそうなのでしょうか？

「法律」と「権利」と「まっすぐ」と「正しい」という四つの概念は日本語の語彙では、それぞれ別の意味の言葉で表されます。しかし、フランス語はこの四つの概念を同一語 *droit* で表します。ということは、「法」という基本概念ひとつをとっても、フランス人と日本人では、その概念の厚みや幅がまるで違うということになります。

「法」や「権利」という基本語についてさえすでに埋めがたい「ずれ」があるとき、法律が

「同じ現実を論じている」と言い切ることができるでしょうか。法律的言語を用いるものたちは、世界の眺望を共有していると言い切ることができるでしょうか。

私は懐疑的です。

⑥　次に「歯磨きの広告」の言葉について考えてみましょう。

日本には「お歯黒」という化粧法が明治のはじめまで存在しました。既婚の女性は「かね」というものを歯に塗って、にっこり笑うと「真っ黒な歯」が、まるで底なしの淵のように開口したのです（谷崎潤一郎はそういうのをみるとぞくぞくしたらしいですけど）。

「歯が白い」ことを美の指標とするいまの私たちの感覚は、「お歯黒」を美しいと感じる美的感受性の否認の上に歴史的に成立したものです。「歯磨きの使用説明書」が当然すぎて言及しないこと、つまり「歯が白いのは美しい」という前提は、「歯が黒いことは美しい」という別様の世界経験の無視と否認の上にはじめて成り立つのです。

⑦　まさか「数学の教科書」にはいかなる抑圧もないだろうと考えるかもしれません。ところがあるのです。

私たちが学校で使っている数学の教科書、世界共通の計算ルールは、私たちの国で独特の進化をとげた「和算」という推論と論証の体系の完全な無視の上に成り立っています。

私はなにも貴重な国風文化なんだから、日本の学校では和算を教えろなどと主張しているわけではありません（数学嫌いだし）。でも、日本の音楽があるように、日本の美術があるように、日本固有の数学的思考というものもまた存在したのだということを、組織的に忘却しているのは不思議なことだと言わねばなりません（たぶん学校数学がある種の「文化的な擬制」にすぎないということが分かってしまうと、生徒たちの数学を勉強するモチヴェーションががっくり下がると文部省のひとが考えているからでしょう）。

⑧　とまれ、非文学的テクストが「国語の特殊性による世界経験の違和の解明」に役立たないというのは、それらのテクストで使われている言語が「普遍的」であるからではなく、それらのテクストが「世界経験の違和」そのものを抑圧しているからだと私は考えます。そこには「違和」を探り当てる手掛かりが隠蔽されているからこそ、私たちはそれを素材としては放棄せざるを得ないのです。

⑨　これらの非文学的テクストに比べると、文学は「翻訳不能」であり、特殊な集団の特殊な価値観や美意識やイデオロギーがべっとりはりついた「内輪の言語」であるように思われます。文学はそもそも同一の国語共同体の内部においてさえ、かなりの程度まで「読者選択的」なものだからです。

例えば村上春樹の小説には膨大な量の音楽に関する固有名詞が出てきます。それらは彼の小説世界の単なる装飾ではなく、その世界の骨格の一部ですから、そこで言及されている楽曲を聴いたことがなく、そのミュージシャンについてのさまざまな神話化した付帯情報を知らない読者は、村上春樹のテクストを十全に享受する可能性から組織的に排除されます。

しかし、文学テクストのこの読者選択性、読者限定性のうちに逆に私たちは「翻訳可能性」を見ることになります。

⑩ というのは、読者選択的である、ということは、「少数の選ばれた読者」を「マジョリティ」から切り離すというみぶりのことであるわけですが、そのみぶりを通じて、読者選択的なテクストは、つねに「マジョリティとは何か?」「私たちは『誰でない』のか」についての反省的言及を行なうことになるからです。

文学は、つねに自分たちを包摂している社会集団の「常識」や「通俗性」や「凡庸さ」や「権力構造」や「体制的イデオロギー」についての批判的言及を含んでいます。体制批判の契機を含まないテクストは決して「文学」になることができません。

それは批判の契機を含まないテクストは、そのテクストの読者に「私は選ばれた読者である」という快感を提供してくれないからです。

⑪　文学テクストの条件は、（ロシア・フォルマリスムの主張とは逆に）テクストに内在するのではありません。文学性とはそれが読者にもたらす「私たちは選ばれた読者であり、この社会のマジョリティを形成するものたちとは別種なのだ」というアイデンティフィケーションの「効果」のうちにあるのです。

すべてのテクストについて私たちは次のように言うことができると思います。

読者を「普遍的な存在」であると前提するテクスト（法律条文や歯磨きのマニュアルや数学の教科書）は文学ではありません。反対に、読者におのれが「独自な存在、選ばれた存在」であると確認（錯認）させるテクストが文学なのです。

文学とは、読者がそのテクストの行間に「あなたは独特な存在であり、それゆえ、あなたの属する社会集団の中で孤立し、無理解にさらされ、ときに迫害されているかもしれない。しかし、このテクストはその例外的な存在であるあなたのために書かれたのだ」という慰めと選びと共感のメッセージを見出すテクストのことです。

だから世界でもっとも古い文学テクストは『旧約聖書』であると言うことができるのです。そこに私たちが見出すのは「独自性ゆえの受難、神による選びと救い」という説話元型だからです。

私たちが自分たちの棲んでいる社会の成り立ち方、とりわけ、その社会の言語によって私たちの経験や思考の様式がどれほど規定されているかを反省するためには、そのような定型的話型に訴えることが必須であるとはいわないまで、きわめて効果的であることは確かです。

わかりやすい例をあげてみましょう。例えば私たちが一九世紀のロシア社会について知りたいと思うなら、勅令集やロシア政府の「経済白書」を読むより、『罪と罰』を読むことを選ぶでしょう。というのも、「勅令集」は「ロシア社会は何を許容するか」を主題的に論じており、ドストエフスキーのテクストは「ロシア社会は何を排除するか」を主題的に論じているからです。

私たちはドストエフスキーの小説から、ロシア社会が何を排除し、何を無視し、何を見落とし、何に名を与えず、何を抑圧したのか、つまり「ロシア社会は何でなかったのか」を知ることができます。そして、示差性のシステムの内部に生きているかぎり、何かと何かを「比較する」というのは、それが「何であるか」ではなく、それが「何でないか」を比較するということなのです。

⑫ ですから、読者がたとえ現実的にはその社会のエスタブリッシュメントの中枢にあり、凡庸さと通俗性の理想的体現者であったとしても、彼らの棲んでいる世界の成り立ちかたを知るために文学を必要とするということは大いにありうるのです。
日本の多くの中高年男性は司馬遼太郎を愛読しています。それは司馬遼太郎が現代日本社会に対して肯定的だからではありません。むしろ司馬はきわめて激烈に現代日本社会を批判して

います。それにもかかわらず、彼が「常識的」で「凡庸な」多くの読者に支持されているのは、司馬のテクストが読者に「私は現代日本においては少数派の受難者なのだ」という心地よい幻想を与えてくれるからです。

同じように、村上龍はそのエッセイで日本社会の悪口ばかり書いていますが、多くの読者に支持されています。

『フィジカル・インテンシティ』はサッカーに取材した日本論でしたが、そこでの日本のおじさん、日本のメディア、日本の常識に対する痛罵はこれまでになく憎々しげなものでした。読み終えてから奥付をみてびっくりしたのは、この攻撃的なテクストが『週刊宝石』の連載コラムだったことが分かったからです。

非新聞系の週刊誌は、ありていに言えば、日本の中高年男性の「志の低さ」をそのまま煮出したような存在です。愚痴と嫉妬と憎悪を基調的感情とするこれらの週刊誌の読者諸氏が、村上龍を読んで溜飲を下げている図というのは、私には悪夢のように思われました。

もちろん私はそれが悪いといっているのではありません。

おじさんたちに「君たちは凡人なんだから、司馬遼太郎や村上龍を読む資格がない」と言っているのではありません。

逆です。

凡人たちこそ、通俗性と凡庸さを誰よりも憎み、マジョリティに属する人々こそ、「自分はマイノリティだ」と信じ切っているという平凡な事実を指摘しているにすぎません。

⑬ 先般の都知事選挙で石原慎太郎が当選したのも、その適例だと私は思います。

彼は戦後日本社会の堕落や官僚制、国政の腐敗を痛罵することによって、自民党支持層（まさに、そのような社会を作り出し、維持し、そこから受益している人々）の圧倒的な支持を得ました。これは「政治に対する文学の勝利」と言ってよいでしょう。別の言い方をすれば、「日本社会というものの成り立ち方について知りたい」という切実な要求の表白というふうにも理解できるかも知れません。

⑭ 私たちの同時代の作家で、世界的に著名な作家たち、三島由紀夫や大江健三郎や中上健次や村上龍は、強い批判精神にドライヴされた作品を送り出しています。彼らの文学は日本社会から「排除された」人間、「周縁」にはじきとばされた人間「だけ」を扱っているといって過言ではありません。

そのような文学者の作品が「世界的に認知」され、現代日本社会を理解する上で有用であるというのはどういうことなのでしょう。彼らの作品が「現代日本社会の価値観や美的感受性の最大公約数」であるからではもちろんありません。にもかかわらず彼らの作品が（外国人読者にとっても）現代日本を理解する上で有効なのは、そこには「何が」主人公たちを「排除」し、

「周縁」にはじきとばしたのか、がきわめてリアルに書いてあるからです。

⑮　村上龍はアジア諸国で彼の作品が多く翻訳されていることについて、こう書いています。

韓国、香港、台湾、中国本土でわたしの作品は海賊版を含めると六十冊以上が翻訳されている。どこが面白いの？　と韓国人に聞いてみた。

「近代化を急ぐ国の、人間の精神の未来が書いてある」

（村上龍『フィジカル・インテンシティ '97-'98 season』、光文社、一九九八年、五六頁）

⑯　同じ本の中で、村上龍はフィンランドの映画監督アキ・カウリスマキを論じた中で、文学に触れて、こう書いています。

見終わって、すべての映画はドキュメンタリーだという思いを強くした。わたしはカウリスマキの映画でフィンランドの現実を知る。他のニュースや旅番組の映像ではわからない。ネオリアリズムでイタリアを知ったし、ヌーベルバーグでフランスを知った。ゴダールの映画はフランス人の「精神」を扱っているので、その後フランスがどう変わろうとその認識が嘘になることがない。ドキュメンタリーという意味では小説も同じだ。わたしは革命前のロシアをドストエフスキーの小説で知ったし、太平洋戦争を林芙美子や大岡昇平の作品で知った。

その時代の本質を切り取り、記録として残す。そういう作品は今日本において非常に少ない。


（同、一九三～一九四頁）

⑰「ふーん、私と同じことを考えているなあ」とつぶやきつつ、トイレにはいって、「置き本」の高橋源一郎『退屈な読書』をめくったら、そこにも似たことが書いてありました。

（……）わたしも明治への、あるいは明治期に生きた作家たちへの共感と関心が薄れたことは一度もない。それは、彼らが活き活きしていると感じられるからである。九十年以上も以前に生きた人間たちが「生きている」と感じられるのはなぜであろう。考えてみれば、それは奇妙なことではないか。（……）

たとえば、漱石夏目金之助の『明暗』を読む時、驚愕するのは、その会話が古びていないことである。いや、現代に書かれる小説のどれほどに、『明暗』ほど読者を刺激してやまない会話が書かれているか。

（……）『明暗』が面白いのは、「不易」だからではない。漱石が、わたしたちの「隣人」

だからではないか。（……）

「隣人」は、わたしたちと少しも変わらない。そのことにわたしたちはまず驚く。この九十年間、わたしたちは少しも進歩しなかったのだ。それはいい。その次に驚くのは、実のところ「隣人」とわたしたちは少し違うことである。彼らは、わたしたちより、鮮明な意志と意見を持ち、それ故、わたしたちより鮮やかな輪郭を持っている。それに対して、わたしたちの輪郭はボヤけている。それがなぜなのか、いま詳細に語ることは、わたしにできない。

（高橋源一郎『退屈な読書』、朝日新聞社、一九九九年、六一～六二頁）

私たちの輪郭がぼやけているのは、村上龍の言葉を借りて言えば私たちの時代のテクストが「時代の本質を切り取」っていないからです。つまり「文学になっていない」からです。それは、言い換えれば、自分たちの棲んでいる世界のなりたちを明らかにしようとする意志が乏しいということだと私は思います。

意識的な作家であるかぎり、書き手は「自分たちの棲んでいる世界のなりたちを明らかにする」ために、排除の経験を描き続けることになります。ですから、作家たちは、世俗的名声を得たあとでも、「排除される側」に身を置くことが文学者であり続けるために必須のみぶりであることを本能的に知っているのです。しかし、村上や高橋が嘆いているように、最後まで「選ばれた読者」のために「内輪の語法」で書き続けることはきわめて困難な仕事ではあるのです。

⑱ 高橋源一郎は「内輪の言葉を喋る者は誰か」の中で、自作を「『親密な』サークルだけに通じる符号性をアテにした言葉で書かれる文章」だと批判した富岡多恵子に反論してこう書いています。

清涼で豊かな、そして自由な言語の世界を夢見ない作家がいるでしょうか。僕はいままでもずっと夢見つづけています。そして、その世界が、願望によって一足飛びに辿り着ける世界ではなく、僕という、半ばは僕自身にとっても選択できない環境によって形づくられた固有の肉体を通してしか行き着くことのできない世界なら、僕はその頑迷な肉体と折り合いをつけながら、少しずつそこへ近づいていきたいと思っています。

（高橋源一郎『文学がこんなにわかっていいかしら』、福武書店、一九八九年、二六〇頁）

⑲ 私は高橋のこの立場を支持するものです。

文学テクストは、ただしく高橋が言うように「僕という、半ばは僕自身にとっても選択できない環境によって形づくられた固有の肉体を通してしか行き着くことのできない」「自由な言語の世界」を求めます。それが文学の生理です。それはまっすぐに「普遍」をめざすのではなく、必然的に「内輪」を通過せざるを得ません。おのれが今語りつつある言語がどうしようもなく「内輪」のものでしかないという事実を痛みと恥を感じつつ経験することが、文学のいわば特権なのです。

それゆえ、文学は「内輪」の言語を使って、「内輪」にどうしてもうまくなじむことができない経験、内輪の言語をもってしては、語りきることができない経験をなお語ろうという野心にとらえられるのです。

⑳ 以上のような考察から、私たちは「比較文学」という学問の特殊な性質を伺い知ることができたと思います。

比較文学とは「ある共同体が集団的に抑圧したもの」を「資料」とし、そこから「ある国語共同体に固有の世界経験の仕方」を抽出してくる学術方法だというふうに私たちは理解しています。

そのような条件をみたす限り、比較文学は「自己の思考プロセスそのものの遡行的な反省」としての哲学や、「そのつどすでに性化された存在である自己の欲望の構造の反省」としての精神分析や、「エゴサントリックな自我の拡大欲望への反省」としてのフェミニズム政治学やポスト植民地主義の政治学に緊密にむすびつき、それらと生産的な対話や論争を行なういう学知となる可能性をもっていると私は思います。

㉑　というようなことを二年前に書いた。そのあと、このようなものを書いたこと自体を忘れていたが、加藤周一の『日本文化の雑種性』について調べていたら、思いがけない文章に出くわした。

私はアルベール・カミュ氏に生前一度だけ会ったことがある。それはガリマール書店の事務室でのことであった。何を話したのかもうほとんど忘れてしまったが、小説についての一語だけは覚えている。「なぜ小説を書くかって？　小説だけが翻訳の可能な形式だからですよ」。私はこの意見に賛成する。

（『加藤周一著作集7　近代日本の文明史的位置』、平凡社、一九七九年、二〇七頁）

アルベール・カミュ氏はいつでもものごとを正確にみつめている。

1999.4.25

4

村上春樹と批評家たち

食欲をそそる批評

村上春樹が『海辺のカフカ』の書評について、こんなことを書いている。

筋をずらずらと書いてしまう書評って困ったものですね。とくに結末まで書いてしまうというのは問題があります。（……）一般論で言って、書評というのは人々の食欲をそそるものであるべきだと、僕は思うんです。たとえそれが否定的なものであったとしても、「ここまでひどく言われるのならどんなものだかちょっと読んでみよう」くらい思わせるものであってほしい。それが書評家の芸ではないでしょうか。

（『少年カフカ』、新潮社、二〇〇三年、二三二頁）

村上春樹は自分の本についての書評は一切読まないと宣言しており、それどころか、かつて批評とは「馬糞のようなものである」とまで断言した反‐批評の旗手である。その主張の是非はさておき、こういうラディカルな態度に触れるのは、ものごとの本質について考察するためにはとても大切なことである。

ここで村上は「批評とは批評される対象に対する『食欲』をそそるものであるべきだ」とい

う言い方で「批評」を定義している。

「食欲をそそる批評」とはどういうものだろう。

それはその逆の「食欲をそそらない批評」がどういうものであるかを考えれば分かる。

「筋をずらずら書いて」「結末まで書いてしまう」ような批評、それがダメな批評である。つまり、物語の表層を時間系列のままになぞって、物語の結末にまでたどりつくと「作者の言いたいこと」や「テーマ」が分かる、というふうに信じ込んでいる人間の書くもの、それがダメな批評である。

「食欲をそそる批評」はそういうものではない。それは「謎」を軸としたプレゼンテーションのことである。ある書物の全体を「謎」を蔵したテクストであるとみなすような読み方のことである。

そういう読み方をする人は装幀を見てすでに「おお、この配色には何か仕掛けが……」と怪しみ、目次を一瞥して胸ときめかせ、「昼の一時にはじまった面接は人妻五人終わったところで、夕方六時になっていた」という出だしの一行ですでに深々と嘆息をつき、「間然するところのない書き出しだ。これぞ文学」と感動する……というふうに実に忙しく本を読むものなのである。

ありとあらゆるところに文学的感興の手がかりを見出すことのできる読み手、それこそが、「食欲をそそる批評」を書くことのできる書き手である。

そういう批評が「よい批評」である。

今話しているのは文学の話であるが、これは批評一般にあてはまることである。

批評には「未知」に焦点化した批評と「既知」に軸足を置いた批評の二種類がある。相手が文学作品であれ生身の人間であれ、それは変わらない。

批評する人間は、「そこにある未知の要素」にひきつけられ、同時に「そこにある既知の要素」にも感応する。

富士山を見て、「おお風呂屋のペンキ絵みたいにきれいだなあ」という評言をもらすのは、「既知に還元する」批評法である。これを笑う人もいるが、こういう「縮減する批評性」というのは、ときには必要であるし、有用でもある。

「ま、なんだな。世の中なんてのはね、そんなもんよ」という長屋のご隠居的な洞見というのはおおむねこの「縮減型・還元型」批評性によって裏打ちされている。

その代表はアガサ・クリスティ造型するところのミス・マープルである。この老嬢は、生まれ育った村から一歩も外に出たことのない世間知らずであるが、その驚嘆すべき記憶力によって、ありとあらゆる事件を「昔この村であった、よく似た出来事」に結びつけて、その真相を暴いてしまうのである。

人間の欲望や幻想のあり方は、たいへん単純な図式の組み合わせからできているということ、これは紛れのない事実である。「あらゆる出来事を既知に還元する批評性」は、「人間の精神は宿命的に貧しい」という痛切な真理に立つものである。

しかし、それだけでは人間世界の事象を語るには足りない。

「いかに美味なる料理も、その内実は単なる獣肉と植物と油脂の混合にすぎぬ」という「所詮……にすぎぬ」的な批評的語法はある意味爽快であるが、その限定された食材を組み合わせて、すぐれた料理人だけが作り出すことのできる奇跡的な「美味」については語ることができない。

村上春樹恐怖症

村上春樹の自筆原稿を担当編集者だった安原顯が古書店に売り払った事件について、『文藝春秋』に村上春樹自身がこの「名物」編集者との奇妙なかかわりについて回想している。

私は安原顯という人の書いたものをほとんど読んでいない。ジャーナリズムの一部では「玄人好み」の評が高かったことを記憶しているが、わずかに読んだ文芸時評やエッセイ類からは「ずいぶん圭角のある人だ」という印象を受けたことしか覚えていない。

その人物と作家とのジャズバー経営時代からの二十五年にわたった交渉を綴った文章の中で、村上春樹は安原顯についてふたつ重要なことを書いている。

私は安原顯という人には興味がないが、彼が体現していた日本の文壇的メンタリティにはいささか興味があるのでここに採録するのである。

ひとつは安原顯が中央公論社を口汚く罵倒しながら、サラリーマンをなかなか辞めなかった点について。

どれだけ突っ張っていても、サラリーマン的な生き方はこの人の中に意外に深く染みついているのかもしれないと、そのときふと考えた。僕は一度も会社勤めをしたことがないので、「中央公論社の社員」という肩書きがどれくらい大きなものなのか、それが与えてくれる安定した収入がどれくらい重要な意味を持つのか、実感としてよくわからない。それでも、会社の存在を都合良く利用しているのなら、そこまで悪し様に罵倒することもないんじゃないかと思った。会社という組織をうまく利用するのはもちろんかまわない。しかしそれなら、口にする言葉はやはり選ぶべきではないか？　それなりの含羞というものはあってしかるべきではないか？

（村上春樹「ある編集者の生と死——安原顯氏のこと」、『文藝春秋』二〇〇六年四月号、文藝春秋、二六七頁）

この「含羞」という言葉に村上春樹の安原批判の鍵があるような気がする。

私たちの自己評価と世間からの外部評価との間には必ず落差がある。

その落差はよほどアンバランスな場合でなければとくに害にはならない。外部評価より高い自己評価は自己嫌悪を防いでくれるし、自己評価より高い外部評価は向上心を起動させてくれる。

ピース。

でも、自己評価が分裂している場合はそれほど簡単ではない。

自分には才能があるという自惚れと、自分には才能がないのではないかという猜疑がせめぎ合っている場合。自分は潔白だという確信と、自分は有責だという疚しさが同時に自分の中にある場合。

そういう場合に私たちはなんとも片づかない心理状態になる。

含羞はその「バランスの悪さ」の一つの現れである。

バランスの悪さにはほかにもいろいろな現れ方がある。

含羞は（わかりにくい言い方を許してもらえるなら）その中でも「バランスのよいバランスの悪さ」である。

「すがすがしい負けっぷり」とか「生き生きとした死に方」とか「暖かみのある冷淡さ」とか、そういうものと似ている。

「バランスのよいバランスの悪さ」は人間の美質のうちで私がいちばん評価するものの一つである。

わかりにくくてすまない。

話を戻すと、安原という人は村上春樹の文章を読むと「バランスの悪い、バランスの悪さ」に居着いてしまった人のようである。

そして、ある日手のひらを返したように安原顯は「自分が育てた」と言っていた当の村上春樹批判を始める。


そしてある日（いつだったろう？）安原さんは突然手のひらを返したように、僕に関するすべてを圧倒的なまでに口汚く罵倒し始めた。（……）その批判のあまりの痛烈さに僕は度肝を抜かれた。そこには紛れもない憎しみの感情が込められていた。一夜にして（としか思えなかった）いったい何が起こったのだろう？　いったい何が、安原さんをして僕の「敵」に変えてしまったのだろう？　正直言って、僕にはまったく見当がつかなかった。

（同、二七〇頁）

私はこの「豹変」の記述はかなり正確なものではないかと思う。何か具体的な行き違いがあって生じた不仲とは違う、もっと本質的な嫌悪がおそらく編集者のうちに兆したのである。その理由について（直接的にではないが）、村上春樹は安原顯自身の自己の「作家的才能」についての評価誤差があるのではないかと推測しているようだ。

安原顯氏が小説を書いていたことを知ったのは、かなりあとになってからだ。彼はいくつかの筆名で、あるいは時には実名で短い小説を書いて、それを文学賞に応募したり、あるいは小さな雑誌に発表したりしていた。（……）正直言って、とくに面白い小説ではなかった。毒にも薬にもならない、というと言い過ぎかもしれないが、安原顯という人間性がまったくにじみ出ていない小説だった。どうしてこれほど興味深い人物が、どうしてこれほど興味をかき立てられない小説を書かなくてはならないのだろうと、首をひねったこ

> とを記憶している。（……）これだけの派手なキャラクターを持った人ならもっともっと面白い、もっと生き生きした物語が書けていいはずなのにとは思った。しかし人間性と創作というのは、往々にして少し離れた地点で成立しているものなのだろう。
>
> 　知る限りにおいては、彼の小説が賞を取ることはなかったし、広く一般の読者の注目を引くこともなかった。そのことは安原さんの心を深く傷つけたようだった。（……）
>
> （……）安原さんがその人生を通して本当に求めていたのは小説家になることだったのだろうと今でも思っている。編集者として多くの作家の作品を扱ってきて、「これくらいのものでいいのなら、俺にだって書ける」という思いを抱くようになったのだろう。その気持ちはよくわかる。また書けてもおかしくはなかったと思う。しかし、何故かはわからないのだが、実際には「これくらいのもの」が書けなかったのだ。

（同、二六七〜二六八頁）

「眼高手低」という。

創造よりも批評に傾く人は、クリエーターとしてはたいした仕事はできない。

これはほんとうである。

私自身がそうであるからよくわかる。

私もまた腐るほどたくさんの小説を読んできて、「これくらいのものなら、俺にだって書ける」と思ったことが何度もある。

そして、実際には「これくらいのもの」どころか、一頁さえ書き終えることができなかった。

銀色夏生さんは歌謡曲番組をTVで見て、「これくらいのものなら、私にだって書ける」と思って筆を執り、そのまま一気に一〇〇篇の歌詞を書いたそうである。

「作家的才能」というのはそういうものである。努力とか勉強とかでどうこうなるものではない。

人間の種類が違うのである。

作家と編集者の間には上下の格差や階層差があるわけではない。能力の種類に違いがあるだけである。

けれども、これを人間的資質の差や才能の差だと思う人がいる。不幸な錯覚であるけれど、思ってしまったものは仕方がない。

安原顯が村上春樹を憎むようになったきっかけは、安原の作家的才能に対する外部評価が、彼が望んでいるほどには高くなかったことと無関係ではないだろう。

作家の直筆原稿という生々しいオブジェを換金商品として古書店に売り飛ばしたというところに私は安原の村上春樹に対する憎悪の深さを感じる。

原稿を「モノ」として売るということは、作品をただの「希少財」(珍しい切手やコインと同じような)とみなしたということである。死にかけた人間がいくばくかの金を求めてそんなことをするはずがない。

これはおそらく作品の「文学性」を毀損することだけを目的としてなされた行為と見るべきだろう。

「こんなものは文学じゃない。これはただの商品だ」

安原顯はそう言いたかったのだと思う。

死を覚悟した批評家が最後にした仕事が一人の作家の文学性そのものの否定であったという点に私は壮絶さに近いものを感じる。

どうして村上春樹はある種の批評家たちからこれほど深い憎しみを向けられるのか?

この日記にも何度も記したトピックだが、私にはいまだにその理由がわからない。けれどもこの憎しみが「日本の文学」のある種の生理現象であるということまではわかる。

ここに日本文学の深層に至る深い斜坑が走っていることが私には直感できる。

けれども、日本の批評家たちは今のところ「村上春樹に対する集合的憎悪」という特異点から日本文学の深層に切り入る仕事に取り組む意欲はなさそうである。

2006.3.12

なぜ村上春樹は文芸批評家から憎まれるのか？

毎日新聞の「この一年・文芸」という回顧記事で、松浦寿輝と川村湊が今年一年の文学作品の棚下ろしをしている中に、例によって村上春樹が批判されていた。

川村　村上春樹さんの短編集（『東京奇譚集』）はやはり、うまいですね。

松浦　短編という器の洗練のきわみを示している。でも、これはマスターキーのような文学だと思った。どの錠前も開くから、世界中の人を引きつける。しかし、日本近代文学の記憶の厚みがなく、不意にどこからともなくやってきた小説という感じ。

川村　インドの大学院生たちも、違和感がない、と言っていた。サリンジャー以降のアメリカの都会派小説の流れの中にあるんでしょうね。前の短編集『神の子どもたちはみな踊る』は謎めいたところを作っていたが、今回はそういうところはほとんどない。

松浦　言葉にはローカルな土地に根ざしたしがらみがあるはずなのに、村上春樹さんの文章には土も血も匂わない。いやらしさと甘美さとがないまぜになったようなしがらみですよね。それがスパッと切れていて、ちょっと詐欺にあったような気がする。うまいのは確かだが、文学ってそういうものなのか。

（毎日新聞夕刊、二〇〇五年十二月十二日）

「詐欺」というのは奇しくも蓮實重彦が村上文学を評したときの措辞と同一である。

かりにも一人の作家の作物を名指して「詐欺」と呼ぶのは、その文学的営為を全否定すると同時に、その読者たちをも「詐欺に騙された愚者」に類別しているに等しい評語である。私は村上春樹の愛読者であるので、そのような評語に接して平静な気持ちではいられない。

「どうして村上春樹は文芸批評家からこれほど憎まれるのか？」

それについて少し思うところを書く。

「世界中の人を引きつけ」、「インドの大学院生たち」からも「違和感がない」と言われるのは、その文学の世界性の指標であると私は思っている。

そして、日本文学史の中でそのような世界性を獲得した作家はまれである。

折しも同じ作家の『海辺のカフカ』は十二月一日に「ニューヨークタイムズ」の選ぶ「今年の十冊」のひとつに選ばれた。十冊はフィクション、ノンフィクション各五冊である。

「パワフルで自信に満ちた」作家による「上品で夢のある小説」と評された『海辺のカフカ』がその年に出版された英語で読める小説の年間ベスト五に選されたことは、日本人として言祝ぐべき慶事だと私は思う。

しかし、批評家たちはそれを慶賀するどころか、その事実をむしろ村上文学の欠点として論《あげつら》っているように私には思われた。

「ローカルな土地に根ざしたしがらみ」に絡め取られることは、それほど文学にとって死活的な条件なのだろうか。「私は日本人以外の読者を惹きつけることを望まない」とか「異国人の大学院生に『違和感がない』などと言われたくない」と思っている作家がいるのだろうか。

私の知見は狭隘であるから、あるいは、そのような排外主義的な物書きもいるのかも知れない。

たしかに、ウェストファリア条約以来、地政学上の方便で引かれた国境線の「こちら」と「あちら」では「土や血の匂い」方がいくぶんか違うというのは事実だろう。だが、その「違い」に固執することと、行政上の方便で引かれた「県境」の「こちら」と「あちら」での差違にもこだわりを示すことや、「自分の身内」と「よそもの」の差違にこだわることの間にはどのような質的差違があるのだろうか。

例えば、次のような会話をあなたはまじめに読む気になるだろうか？

A　でも、これはマスターキーのような文学だと思った。どの錠前も開くから、東京中の人を引きつける。しかし、世田谷近代文学の記憶の厚みがなく、不意にどこからともなくやってきた小説という感じ。

B　目黒区の大学院生たちも、違和感がない、と言っていた。

奇妙な会話だ。

しかし、批評家たちがしゃべっているのは構造的には「そういうこと」である。なぜ、「世田谷近代文学の記憶の厚み」はジョークになるのに、「日本近代文学の厚み」はジョークにならないのか？

そのような問いを自らに向けることは批評家の重要な仕事だろうと私は思う。

リービ英雄は「日本ふうの私小説の骨法を身につけた」こと、「二つの言語の間で揺れる自分を感動的に描いた」ことを二人から絶賛されている。

ここでリービ英雄が賞賛されているのは、彼の文学に世界性があるという理由からではない。「日本的であろうとしている」から、あるいは「日本的であろうとして、日本的になりきれない」からである。

私はリービ英雄自身がこのような賛辞に納得するかどうかわからない。

おそらくあまり喜ばないのではないかと思う。

もし私がフランス語で小説を書いて（書けないけど）、フランスの批評家に「フランスふうの心理小説の骨法を身につけた」とか「二つの言語の間で揺れる自分を感動的に描いた」ことをほめられても、あまりいい気分にはならないだろうと思う。

何国人が書いたのかというような外形的条件を超えて、作品そのものが文学として「読むに耐える」のか「耐えない」のか、私なら「それだけを判断して欲しい」と思うだろう（作家じゃないからわからないけど)。

この作家は「病身なのに、よく健常者の身体感覚を書いた」とか「貧乏な育ちなのに、上流階級の描写に巧みである」とか「不幸な生い立ちなのに、幸福な家庭を活写した」とかいうことを批評家たちは「文学的ポイント」としてカウントするのだろうか?

私が改めて言うまでもないことだが、「誰」が書いたのかということは作品評価の一次的な判断基準にはかかわらない。

作品は作品そのものとして評価しなければならない。

作家の最大の野心がもしあるとすれば、それは「この作家の人種は何か?」とか「母国語は何語か?」とか「宗教は何か?」とか「政治的信条は何か?」といった外形的な情報が与えられない場合でもなおその作品が多くの読者に愛され、繰り返し読まれるということである。

私はそう考えている。

ある作家について、彼がそこに絡め取られていたはずの信仰の制約や民族誌的偏見やイデオロギー的限界を論じることがあるとしても、それは「それにもかかわらず世界性を獲得できたこと」の理由について考察するためであって、その逆ではない。

もし、村上春樹と「ローカルなしがらみ」の間に生産的な批評的論件があるとすれば、「どのようにして村上春樹はローカルなしがらみから自己解放し、世界性を獲得しえたのか?」をこそ問うべきではあるまいか?

村上春樹が無国籍的な書き手であることを目指したのはおそらく事実だろう。だが、「無国籍的である」ということと「世界的である」ということのあいだには千里の逕庭《けいてい》がある。この「千里の逕庭」の解明になぜ批評家たちはその知的リソースを投じないのだろう。

2006.12.15

「激しく欠けているもの」について

（加藤典洋『村上春樹 イエローページ2』の解説、幻冬舎文庫、二〇〇六年）

村上春樹は「文壇」的には孤立した作家である。

その登場のときから純文学の批評家たちの評価は低かった。「異常に」低かったと言ってもよいだろう。村上春樹を肯定的に受け容れたのは『BRUTUS』や『宝島』を読むような「ポップで軽い、シティ派志向のちゃらちゃらしたやつら」だという固定的な見方が、そのときに語られ、やがてそれが定説となった。

たしかに一九八〇年代の高度消費社会の文脈の中に村上春樹が登場したのは事実であるし、「ポップで、ライトな」若者たちからつよく支持されたというのも事実であるだろう。けれども、誰に支持されたかによってその作物の社会的性格が決定されるという推論には合理性がない。ハリウッド映画が金正日に熱愛されているということを論拠に、ハリウッド映画は北朝鮮的であると推論する人はいない。にもかかわらず、村上春樹がある種の都市生活者たちから「まるで自分のことを書かれているようだ」という種類の共感（かなりの程度まで勘違いであるにせよ）を得たことを論拠に、電通＝マガジンハウス的メディア・コントロールに煽られているナイーブで頭の悪い読者たちのための文学だという決め付けを少なからぬ数の文芸批評家たちが下した。そして、その裁定はデビュー以後四半世紀を過ぎてなお村上春樹に「呪い」のようにつきまとっている。

しかし、現在、村上春樹の作品は世界各国語に翻訳され（英仏独語はもとより中国語、ロシア語、ポーランド語、インドネシア語、韓国語、アイスランド語、トルコ語にいたるまで）、海外の多くの文学研究者がその作品の魅力を解明しようと努め、村上春樹のスタイルを範とする「ムラカミ・フォロワー」さえすでに英語圏を中心に出現しはじめている。『海辺のカフカ』は二〇〇五年に「ニューヨークタイムズ」の「今年のベストテン」に選ばれたし、作家は二〇〇六年の「フランツ・カフカ賞」を受賞した。衆目の一致するところ、村上春樹はいまノーベル文学賞にいちばん近い日本作家である。にもかかわらず、故国の批評家たちのなかで、村上春樹が世界的なポピュラリティを獲得したことの理由を冷静に解明しようと努めている人は驚くほど少ない。

これはどう考えても変である。

批評的知性というのはその本性からして、「うまく説明できないこと」に強く惹きつけられるもののはずである。簡単に説明できることだけを選びだし、定型に落とし込んで、良否の裁定を下せば批評の仕事は終わるというのなら、そんなものはなくても誰も困らない（少なくとも、私は困らない）。

「村上春樹問題」は批評家たちに二重に困難な問いをつきつけているのだと思う。それは

「どうして村上春樹は世界的なポピュラリティを獲得しえたのか？」という問いと、「どうして、そのことを日本の批評家たちは説明できないのか（あるいはぜんぜん説明しようとしないのか）？」という問いである。日本の批評家のなかで、この問いに私が納得する答えをしてくれる人がいるとすれば、それはこの本の書き手だけだろう。

加藤典洋は私が信頼する数少ない批評家のひとりである。その人なら、この二つの問い（それは同じ一つの問いの裏表である）にどう答えてくれるか。私はそれにずっと興味があった。

加藤典洋は村上春樹について、『羊をめぐる冒険』の発表直後から現在にいたるまで無慮数百頁に達する批評を書き、村上春樹研究の単行本を本書を含めて四冊出版している。加藤典洋が一人の作家に四冊の研究書を献じた例はほかにない。村上春樹は四半世紀にわたって加藤にとって魅惑的な「謎」であり続けていたのである。

加藤の『村上春樹論集①』（若草書房、二〇〇六年）の冒頭に収録された「自閉と鎖国　村上春樹『羊をめぐる冒険』」は一九八二年に『羊をめぐる冒険』が出版された直後に書かれた。加藤が書いたおそらく最初の村上春樹論である。

そこで加藤は『羊をめぐる冒険』の構成的な瑕疵《かし》に注目して、かなり辛めの批判を加えた。けれども、それは「だからダメなんだ」という結論に落とし込むための批判ではなく、もし村上春樹の小説が成立するためにこの瑕疵が避け得ないものであるとしたら、それはどのような状況的要請によるものなのか、という次数の一つ高い問いへ進むための行程だった。

私はこのような批評的態度を評価する。作品の良否の評価を脇に措《お》いて、一方にそのテクストを書かずにはいられない書き手がおり、他方にそれに深い共感を覚える読み手がいる場合、「どうしてこのようなことが起こるのか？」というのは作品そのものの定性的な評価を留保したまま、ラディカルに文学的な問いとして成り立つと私は思っている。

作品の良否についての文学的判定にはさまざまな基準があって当然である。かつて「階級的視点がある」かどうかが文学作品の査定基準だった時代があった。その後も「ジェンダー・コンシャスネスがあるかどうか」、「非抑圧者への疚《やま》しさがあるかどうか」、「他者への架橋が試みられているかどうか」など、さまざまな「ものさし」が文学作品にあてはめられてきた。どの「ものさし」が正しいのか、私にはわからない。それぞれの「ものさし」で作品の良否を言うことは批評家の自由に属する。しかし、どの「ものさし」を使った場合でも、ある作家の作品が同時代の読者に優先的に選択されている理由を解明することは批評家の責務のはずである。

日本の批評家たちが村上春樹の世界性の由来を問おうとしないのは、おそらくそのような問いを立てること自体が、批評家たちの「ものさし」を無効にしてしまうからだろう。「こちらが立てば、あちらが立たない」相殺的な関係が両者のあいだには存在する。そう考えなければ、村上春樹に対する批評家たちの組織的な「無視」は説明することがむずかしい。

加藤典洋も（私ほどあからさまには書かないが）村上春樹と「文壇」の間に、やはりそれぞれの「生き死に」にかかわるゼロサム的緊張関係を見ている。

加藤典洋が最初の村上春樹論を書いたとき、もちろん村上春樹はまだドメスティックな新進作家にすぎず、その後の圧倒的なポピュラリティの由来を説明する仕事は加藤にはまだ求められていなかった。それでも、加藤はこの時点ですでに、村上作品に対してほかの誰もしないような切り込み方をしていた。

加藤は『羊をめぐる冒険』が「既成文壇のワクをはみでた小説」であることを認める。にもかかわらず「『既成』の批評は——そのほとんどが——『とにかく面白い』というような内発的衝迫のない消極的肯定（ないしは消極的否定）を表白するだけ」にとどまっていた。「ここにあるのは、おそらく既成の批評軸がその有効性を失いつつあるという構造的な文学状況の変質というべきなので、『羊をめぐる冒険』は期せずしてこの変化の転回点を画しているのである」。

どうして既成批評はこの小説のあきらかな瑕疵を指摘しないのか？

加藤の見るところ、この小説の登場人物には「対立」と「動き」がない。この小説の中で「人間は生きていない」。

そこには何かが決定的に欠けている。けれども、どの批評家もそのことを言わない（あるいは言えない）。

そこで加藤はこう問う。

「村上の小説には、ヒトとヒトの対立がない、という批判がある。ぼくもそう思う。そこには、たしかに何かが激しく欠けている。しかし、奇妙な言い方になるが、村上は自分のその欠落を、いったい自分で獲得しているだろうか。

村上の欠落は、村上に帰しうる。そうした欠落だろうか。

ぼくには、それは、彼がただ余りに鋭敏であるばかりに日本社会から純化したかたちで受けとった、日本社会の欠落の影にすぎないように見える。」（強調は引用者）

これはこれまで村上春樹について書かれた評言のうちでもっとも洞察に富んだことばの一つだと私は思う。今読んでも、私はこの数行に皮膚がざわめくのを感じる。『羊をめぐる冒険』一作を読んだだけで、加藤典洋は村上文学を批評するためにたどらなければならない困難な隘《あい》路《ろ》を予示したのである。

加藤が言うとおり、もし、「鋭敏な作家」の作物において何かしら「激しく欠けたもの」があるとしたら、それは作家も批評家も読者もふくめて、彼らの世界が「欠いている」ものをそれが迂回的に表象しているからに違いない。

真に「鋭敏な作家」は彼の時代に過剰に存在しているものについてはあまり書かない。書いてもしかたがないからだ。拝金主義的なサラリーマンを活写しても、情緒の発達が遅れた非常識な青年たちの日常をことこまかに描いても、読者たちがそのような作品に深い感動を覚えることはない（感心してみせるのは文学賞の選考委員たちくらいである）。

ほんとうにすぐれた作家は、その時代があまりに欠いているものについて、それを欠いていること自体が意識されていないものについて、それが欠けていることが気がつかれていないという当の事実がその時代の性格を決定しているようなものについて、書く。たとえば、その社会の「影」について。

村上春樹が描こうとした「日本社会の影」とは何なのか？　「自閉と鎖国」での加藤典洋はまだ明示的には語っていない。ただ、加藤は『風の歌を聴け』に、フランシス・コッポラの『地獄の黙示録』との相似を見た（このアイディアは『イエローページ』でもう一度取り上げられている。第一巻参照）。

もし作家が、彼が投じられている「コンテクスト」から逃れ出ようと望んだら、彼は何をするか？　ヴェトナム戦争を経験したアメリカ社会という「コンテクスト」の中に投じられていたコッポラは、それがアメリカにとって何だったのかという問いを突き詰めるために、「何の留保もなしに」、「何の制御も選別も加えないで、シャッター全開の状態で」、「恐怖、狂気、感覚、道徳的ディレンマ」を「全的に表現」するという方法を採用した。加藤はこの方法は現に有効だったし、村上春樹は「このような逆説への理解」を示していると書いた。どのような安定的な立ち位置にもとどまらず、作家自身が投じられた混乱とディレンマそのものを「全的に表現する」というコッポラの方法はおそらく村上作品にも通じている。そう示唆したところで加藤は「自閉と鎖国」の筆を擱《お》いている。

原理的に言えば、「欠落」は「内面の表出」や「自己表現」としてことばになることはできない。「欠落」というのは顕示的なしかたで表出されるものではないからだ。それは加藤が「激しく欠けている」という言い方を選んだときのように、たとえば「激しく」という副詞を通じて身体的に感知されるしかないものである。

記号のふるまいのうちには、「欠性的過剰」とでもいうべきものがある。「そこにあっていいもの」、因習的には「そこにあるべきもの」が欠けている場合、それはある種の「つまずき」や、あるいは「渇き」のような効果を読み手にもたらす。

「私は何につまずいたのか？」「私は何に渇いているのか？」そのような問いを手がかりに、読者たちは「私たちの社会は何を欠いているのか？」「私たちの世界は何を欠いているのか？」という、より包括的な問いにゆっくりと近づいてゆく。

「構造的な文学状況の変質」と加藤が指さすものが、もしほんとうに「構造的」な「変質」であるならば、それはそれを実定的に語ることばがいまだ存在しないような変質でなければならないだろう。もし、既成のことばですらすらと記述できるようなら、それは「構造的な状況の変質」とは言われない。「構造的な状況の変質」というようなことばは、そこで起きつつあることを語るための語法や語彙がまだない事態についてしか言われない。

いつでもそうだ。「今まさに革命的変動が粛々と進行しつつある」というようなことばが大声で語られ、多くの人々が満足げにそれに唱和しているときに革命的変動が起きたことは歴史上一度もない。知的な意味でラディカルな変動が起きつつあるとき、もしそれがほんとうにラディカルな出来事であるのなら、「何かが起きつつあるのだが、それを語ることばがまだない」という事態が出来するはずであるし、「それを言い表すことばがまだない」という欠性的事況そのものが主題として選択されるはずである。

村上春樹がめざしているのが文学の地殻変動的なイノベーションにつながるものであることを『羊をめぐる冒険』を一読して加藤典洋は直感した。だから、それを語る言葉が同時代の読者にとって、たいへんわかりにくいものになったことはやむを得ないと思う。だが、さいわいなことに、それからすでに四半世紀が経った。本書に収録された村上春樹論はあきらかに初期のものに比べるとずっとわかりやすくなっている。

最大の理由は村上春樹がその後次々と長編小説を発表し続け、それによって村上春樹の「戦略」がゆっくりとその全貌をあらわにしてきたからである。

私たちにわかったのは、村上春樹がたとえば「全共闘運動への決別」や「八〇年代のシティライフの空虚さ」のようなローカルなモチーフを専門にするローカルな作家ではなかったということである。間違いなく、村上春樹はデビュー当時の批評家たちの想像の射程を超えた「世界文学」をその処女作のときからめざしていた。

ただし、その「野心」は作品そのもののうちに即時的に内在しているわけではない。それは後続する作品群とともに構築する「文脈」の中に置かれたときに、はじめて事後的にそのような「たくらみ」が潜在していたことをあかすのである。

たとえば、『風の歌を聴け』の中の時間の流れの異常さには、発表当時ほとんど誰も気づかなかった。『イエローページ』第一巻の中で解明されたように、『風の歌を聴け』の中には二種類の別の時間が流れている。同じような「現実の時間」と「異界の時間」の不整合は『ノルウェイの森』でも『世界の終りとハードボイルド・ワンダーランド』でも『国境の南、太陽の西』でも反復されている。この言い落とされた時間のゆがみが、作品の世界に「異界のもの」を導き入れるために周到に用意された文学的装置（ほとんど村上春樹の「指紋」）であることを加藤は本書で明らかにしている。

もうひとつ加藤の村上論が「わかりやすく」なった理由は、この『イエローページ』で加藤が三十一人の読み手による「集団的読解」という批評の方法を採用していることによる。批評家がその「コンテクスト」から逃れ出るための「シャッター全開」のひとつのありかたとして、「複数のまなざし」が同時的にひとつのテクストを読むという方法はなるほど有効だろう。複数の時間、複数の語り手がねじれるように絡み合った村上春樹の物語世界を解読するために、加藤は複数の読み手たちが差し出した複数の「読み筋」をゆるやかにとりまとめてみせた。それは村上春樹において「激しく欠けたもの」が私たちのこの世界に属するもの全員にとって「欠けたもの」であるということについて、加藤の確信が二十年間でじゅうぶんに深まったことの結果だと私は思う。

最初の問いに戻る。どうして村上春樹はこれほど世界的な支持を獲得しえたのか？

それは彼の小説に「激しく欠けていた」ものが単に八〇～九〇年代の日本というローカルな場に固有の欠如だったのではなく、はるかに広汎な私たちの生きている世界全体に欠けているものだったからである。私はそう考えている。同じ仕方で、「どうして『第一の問い』を日本の批評家たちは口にしたがらないのか？」という第二の問いにも答えることができると思う。私たちが世界のすべての人々と「共有」しているものは、「共有されているもの」ではなく、実は「共に欠いているもの」である。その「逆説」に批評家たちは気づかなかった。

村上春樹は「私が知り、経験できるものなら、他者もまた知り、経験することができる」ことを証明したせいで世界性を獲得したのではない。「私が知らず、経験できないものは、他者もまた知り、経験することができない」ということを、ほとんどそれだけを語ったことによって世界性を獲得したのである。

私たちが「共に欠いているもの」とは何か？

それは「存在しないもの」であるにもかかわらず私たち生者のふるまいや判断のひとつひとつに深く強くかかわってくるもの、端的に言えば「死者たちの切迫」という欠性的なリアリティである。

生者が生者にかかわる仕方は世界中で違う。けれども死者が「存在するとは別の仕方で」(***autrement qu'être***) 生者にかかわる仕方は世界のどこでも同じである。「存在しないもの」は「存在の語法」によって、すなわちそれぞれの「コンテクスト」や「国語」によっては決して冒されることがないからだ。

　村上春樹はその小説の最初から最後まで、死者が欠性的な仕方で生者の生き方を支配することについて、ただそれだけを書き続けてきた。それ以外の主題を選んだことがないという過剰なまでの節度（というものがあるのだ）が村上文学の純度を高め、それが彼の文学の世界性を担保している。

　だから、加藤はその最初の村上春樹論で（たぶん加藤自身も気づかないうちに）村上文学の本質を射抜く決定的なことばを書き記したのだと私は思う。加藤はただしく、ここには「人間は生きていない」と書いたのである。

詩人と批評家

どういう理由か知らないが、私のテクストは入試問題によく使われる。二〇〇五年度は代ゼミ集計による「入試によく出題された人」ランキングに初登場一〇位というデビューを飾ったこともある。二〇〇六年度はどうなっているのか知らないけれど、各種学校予備校出版社からの「著作物使用のお知らせ」と「お願い」がたくさん届いているので、あるいはベスト五くらいをねらえる位置につけたのかも知れない。

今年は都立日比谷高校の入試に使って頂いた。

母校の入試問題に自分の文章が使われるというのはなんだか面映《おもは》ゆいものである。

一九六六年に私はその学校の一年生だった。

もしタイムマシンで四十年後の私が現れて、「これこれ、そこの少年。部室の前でコーラキャンデーなめてるキミだよ。キミの書いた文章があと四十年後にここの入試に出るよ」と予言したらどう反応したであろうか。

おそらく十六歳の私はただちにその予言を信じたであろう。

なにしろ私はその頃すでにノートに「まだ入ってない大学」の卒業年次を書き込んだ履歴書と「まだ書いてない著作リスト」と「著者近影」のマンガを掲げた「著者プロフィール」なん

か書いていたのであるから（ちなみに高校一年生の私は東大独文を卒業して文学研究者になることを予定していた。もちろん柴田翔の影響。その後いろいろ曲折があったが、四十年経つと実際に高校一年生のときに書いた空想の履歴書とあまり違わない展開になっているのが当たり前といえば当たり前、不思議といえば不思議である）。

入試問題もあわせて送ってくれるので読んでみるのだが、なかなかむずかしくて本人にも回答できない。

自分で書いた文章を自分で回答できないような問題を作って……ということを書いて、入試問題がいかに愚劣であるかという結論に導く人が時々いるけれど、これは大層な考え違いである。

書いたときの私と読んでいる私が「別人」であるのだから、何が書いてあるのかよくわからなくなって当然なのである。

というか、何年も前に書いた文章を読み返して、一語一句の意味がすらすらわかるようでは、その何年間のあいだに夫子ご自身に何の人間的変化もなかったことになるではないか。

むしろそのことを恥じるべきであろう。

だから、私は作家の自作自注をあまり信用しない（他の批評家や研究者の解釈と同じ程度にしか信用しない）。

自分の作品が何を意味するのかすらすら言えるくらいならわざわざ作品を作って迂回する必

要はないからである。言いたいことが手短に言えるなら言えばよい。言えないから作家だって作品を書いたのである。

故・竹信悦夫の文学的才能について語った中で、高橋源一郎さんはこう言っている。

高橋　そこがね、詩人と批評家の違いなんだよ。

――　詩人は平気なの？

高橋　詩人はね、現実はこんなもんだって感じはある。竹信君はそういう点では、ある意味未成熟でしたよ。

――　夢見る人だよね。

高橋　これが不思議でね、詩人と批評家、どちらが夢見るかと言ったら批評家の方なんですよ。

――　へぇ〜。

高橋　詩人はね、なまものの言葉を扱ってるんで、言葉ってさ、今日築地から届きました〜とかって、要するにすごいいい加減だったりするわけです。理想と違うわけ、極端なこと言うと。でも、理想と違うからそんな言葉は使わないっていうんじゃ、詩人になれない。詩人というのは、そこにある、今日届いた魚で料理しなければならないと思うんです。とりあえず手元にある材料で料理するのが詩人。こんなしょぼいので作れるわけないじゃないか、と怒るのが批評家。

――浅草の寿司屋だね。

高橋　だから詩人の方が、理想とか考えてるんですよ、頭では。でも、手は勝手に魚をおろしちゃう（笑）。竹信はそういう意味では批評家的。「こんな魚捨てろよ」というのに対して、「もったいない」って本能的におろせる、目の前にある最低の材料でも思わず作っちゃうのが詩人。

（竹信悦夫『ワンコイン悦楽堂』、情報センター出版局、二〇〇五年、四〇九～四一〇頁）

「高みから一刀両断する評論家」である竹信くんと一〇代の多感な日々を過ごしたことで高橋さんは作家になったというお話である。

ちなみに「へえ～」とか「浅草の寿司屋」とか無意味な相槌を打っているのは、ワインで泥酔しちゃった私である。

この高橋さんの詩人／批評家論における「詩人」を「作家」に置き換えると、前に書いた村上春樹／安原顯のかかわりの構造的な問題が少し見えてくるかも知れない。

村上春樹の初期の三部作『風の歌を聴け』『1973年のピンボール』『羊をめぐる冒険』を読み比べると、最初の二作が「目の前にある材料」で作られた作品であり、三作目が「目の前にない材料」で作られたものであることがわかる。

「目の前にない材料」で作品を作り出すためには、「手が勝手に魚をおろす」だけの技術が身体化していなければならない。

ジュリアン・ジェインズ的に言えば、毎日毎日あらゆる種類材質の魚をおろしているうちに、「右脳」で魚をさばくようになってくる。おしゃべりをしたり、音楽を聴いたりしながらも、手元も見ないで、魚をさくさくさばけるようになる。

そんなことを続けているうちにある日「そこに存在しない魚」を手が勝手におろしてしまうという「奇跡」が起こるのである。

村上春樹の創作技術を下支えしているのは「ピーターキャット」のカウンターで、客のおしゃべりの相手をしながら、レコードをかけかえ、酒を作り、料理を作り、レジを叩いていたときの経験だろうと私は思っている。

たぶんそのときに村上春樹は「手が勝手に魚をおろす」こつを身にしみこませたのである。

サラリーマンであり批評家であった安原顯がついに理解できなかったのは、この「身体化された創作技術」というものの価値だろう。

彼の目には村上春樹の作品が「技術が作り出した商品」に見えた。

村上春樹を批判する批評家の多くがその点では同じような言葉づかいをする。

「テクニックだけで書いている」

当たり前である。

作家なんだから。

まず技術があり、材料は「ありあわせ」である。

自分で注文するわけではなく、「あっちから来る」材料をかたはしからさばくのである。だからこそ、誰も見たことのない、想像を絶した料理が出来ることもある。

まず文学理論があって、それから小説を書き出すとどんなものができあがるか知りたい人はモーリス・ブランショの小説を読めばよい（私が想像できる地獄の一つは無人島にモーリス・ブランショの小説とともに置き去りにされることであり、私が想像できる極楽の一つは無人島にモーリス・ブランショの評論とともに置き去りにされることである）。

誤解されたくないので、もう一度言うけれど、詩人と批評家はもともと別の人種である。それぞれに託されている使命が違うのである。

高橋さんとの対談の終わりの方で私はこんなことを言っている。


（……）あの、なんていうのかな。築地の寿司屋で仕入れる魚の質が毎日変わるような時にさ、不動の価値基準っていうものを持っていて、「こんなもん食えない」って席を立つ頑固な客がいないと寿司屋自身も立ち行かなくなっちゃうじゃない。椅子を蹴飛ばして帰っていく客がいてはじめてその浅草の路地裏の寿司屋も成り立つわけで。そういう批評家の恩というのは竹信に負っているような気がするなあ。

（同、四一一頁）

酔っぱらいにしてはなかなかまともなことを言っている（築地と浅草を同一の場所だと錯覚しているのが泥酔の兆候だが）。

2003.3.13

批判されることについて

私はこれまで自分の書いたものを人に痛烈に批判されたことがない。

理由は簡単で、あまり読まれなかったからである。

最後まできちんと読んでくれるのはたいてい「ともだち」である。「ともだち」の批評というのは「ご高論拝読。楽しく読ませていただきました」という「時候の挨拶」みたいな感じのものが多く、春風駘蕩《たいとう》、あまり侃々諤々《かんかんがくがく》の議論がそこから始まるということはない。たまに「つまらんものを書くな」という歯に衣着せぬ批評が「ともだち」から届くこともあるが、それはそれで一種の友愛の表現であって、「ウチダはもっとちゃんとしたものが書けるはずなのに……どうしてこんなものを」という期待が裏切られたことへの哀しみがそう言わせるのである。たしかにそう言われて読み返してみると「つまらないこと」が書いてあるので、「なるほど」と納得して、それはそれで議論にならない。

『ためらいの倫理学』は私の著書としては異例に多くの人に読まれた本であるが、いまのところ「面白かったです」という批評しか届いてない。読んで「つまらん」と思った人はわざわざそれを私に知らせて蒙を啓《ひら》く労をとるほど私に対して親身な気分にはなれないのであろう。

その気持ちはよく分かる。

「ウチダはもっとちゃんとしたものが書けるはずなのに……」という「期待派」からの批評も今回は一つとしてなかった。おそらく今回の本で期待を持つことのむなしさを骨身にしみて味わったからであろう。

ところが例外的なことであるが、今回、本を読んだ上で、こまかく批評してくれた人がいた。これは珍しいこと、と思って読み進んだが、うんざりして途中で止めてそのままごみ箱に棄ててしまった。

こういうのは全然「批評に対して開かれた態度」ではないので、われながら狭量だとは思うが、しかたがない。

批判に対してさらに反批判するというのは一種の「地獄」である、と村上春樹は書いていた。「ものを書く」というのは、「バーを経営する」というのとそんなに変わらない、というのが村上春樹の考え方である。店に来た客のうち、「あ、この店いいな、また来よう」と思うのは十人に一人くらいである。

その十人に一人を照準して店をやるのが、経営の要諦である。

十人のうち八人、九人が「ごひいき」になるような店というのはありえないし、そのような店を作ろうとしても無理である。客の方も一度入って「あんまり好きじゃないな、この店の感じ」と思ったら、そのまま静かに立ち去るだけで、わざわざ店主のところに行って「私はこの店がきらいである。なんとなれば」と弁じ立てるようなことはふつうしない。店主の方も、一度来たきり再訪しない客をつかまえて「どうしてうちに来ないのだ」と詰問する、というようなことはしない。

こういうことをはじめると、終わりがないし、そこから生産的な何かが始まるということもないからだ。

来る人は来る。来ない人は来ない。

そういうものである。

「ものを書く」のもそれと同じであると村上春樹は書いている。

「あ、この本面白かった。またこの人の本出たら買おう」と思うのはせいぜい十人に一人くらいである。

それで十分だと私も思う。

十人のうち八人、九人に支持される本を書こうなどとだいそれたことは考えないほうがいいし、そもそも考えても書けない。

私の書くものは、私の書くものが「読みたい」人のために書かれたものであって、私の書くものが「読みたくない」人のためには書かれていない。「私の書いたものを読みたくない人」は読んでも意味がよく分からないか、意味は分かるが腹が立つかのどちらかである。

私の考え方や書き方が「気にくわない」という意見をお持ちの方はそう思う権利があり、私はそれを尊重する。そういう方にお薦めしたいのは、とりあえず読まないことと、運悪く読んでしまった場合には、読んだという事実そのものを忘れてしまうことである。

もう読んでしまったし、忘れられない、という人はしかたがない。そういう方は、できる限りあちこちで「ウチダの書くものはゴミである」と主張してくださればよろしいかと思う。そのロジックに説得力があれば、「ウチダの書くものはゴミである」という判断がひろく万人の共有するところとなり、市場の淘汰圧の赴くところ、私の書くものはあらゆるメディアから一掃されるであろう。

そもそも、そのような市場への説得的働きかけによる「多数派形成ゲーム」をきちんと展開することがとてもたいせつである、ということ「だけ」を私はあの本で繰り返し書いたつもりである。

「ウチダには書かせるな」とか「ウチダの本は焚書にしろ」とかいう主張には合理性がないが、「ウチダの書くものはゴミだ」という主張には合理的根拠がある。

私は自分がものを知らず、知っていることについても不完全な推論しかできない人間であることを知っている。多くの点で私は不正確で誤った意見を開陳している。その点をただしく指摘した批判であれば、読者たちはその批判を支持するだろう。そもそも事実誤認や推論の誤りについて指摘されたら、私は誤りをすぐに正す。これまでもそうしてきたし、これからもそうするつもりでいる。

ただし、「自分がものを知らず、知っていることについても不完全な推論しかできない人間であることを知っている」ことだけが「より正しい推論」に至るための唯一確実な道である、という知見については、誰が何と言おうと、私は絶対に誤りを認めない。この知見は私が半世紀生きてきて手に入れた、ただ一つの確実な経験知である。この経験知さえをも懐疑の「かっこにくくりこむ」ような反省的機能は私の中にはない。

反省に無限後退はない。

どこかで人は反省を停止させる。

「いま反省しつつある自分の反省の進め方の妥当性をこれ以上疑うと、もう思考ができなくなる」デッドエンドが必ず存在する。

人間は自分の愚かしさを吟味する方法については一つしか「やり方」を知らない。

これは私の確信である。

「私はいま反省しつつある自分の反省の構造そのものを無限に懐疑でき、つぎつぎとブランニューな反省方法を発明できる」という人がいたら、その人は嘘をついているか頭がすごく悪いか（あるいはその両方であるか）のいずれかである。

その「どうにも変えようのない、たった一つの自己省察の仕方」が私の書くもののただひとつの「売り物」である。

「それ、買うたるわ」という人には「まいどおおきに」と微笑みかける。

「そんなん、いらんわ」という人には「そうでっか？　お気に入りまへんでっか。そら、えろーすんまへんでしたな」と答える。
しかし、「それ、売るな」という客に対してはそれほど愛想をよくするわけにはゆかない。

2001.6.23

ニッポンの小説は再生できるか

朝日カルチャーセンターで、高橋源一郎さんと文学をめぐる対談。

会場にたどりついたときは、すでにへろへろの半死状態。

高橋さんにすがりついて「タカハシさん、二時間全部しゃべってください。ぼく、『はあ』とか『へえ』とか相づちだけ打ってますから」とお願いする。

高橋さんは、育児と競馬にテレビ出演と十五本の連載で忙殺されている上、四月から明治学院大学の専任になって週五コマ担当することになる。

その超人的エネルギーがあの細いからだのどこから湧出するのか、私には理解も及ばない。

その高橋さん、にっこり笑って「いいよ、ちょうどいま来るタクシーの中で思いついたネタがあるから、ウチダさんは休んでて」とお答えくださった。

タカハシさんて、ほんとにいい人！

「楽屋」に高橋さんのお嬢さんの橋本麻里さんと、茂木健一郎さんが遊びに来る。橋本さんとお会いするのは三回目（前回は鈴木晶先生のおうちのＢＢＱパーティ）。たいへん美しく聡明な方であり、鈴を転がすような声で父の文学的創造の構造を解明する。

なんか、うらやましい。

うちのるんちゃんが私の書いた本についてはじめてコメントしてくれたのは、「お父さんの本、本屋にあったよ！」ということばだけだった。

茂木さんとは「めでたい初トラックバック」でネット上ではご挨拶をかわしたが、お会いするのははじめてである。

茂木さんも高橋さんも私も『文學界』に連載評論を書いている。

「締め切り今日ですよ」と私がちょっといばってみせる（私はちゃんと「死のロード」に出発する前に送稿してきた）。茂木さんも高橋さんもまだ書き上げていない。

茂木さんは「明日までに書きますよ」、高橋さんは「三十日までに書きますよ」と笑っていた（三十日って、締め切りの六日先じゃないですか！）。

時間になって対談の始まり。

会場には通常の聴衆の他に、池上先生がお連れになった七十名の三軸関係者が加わって超満員。

「秘書です」と偽って、申し込み忘れのフジイくんをむりやり押し込む。

楽屋での打ち合わせ通り、高橋さんが四月号の「ニッポンの小説」に書かれた『セカチュー』と『風立ちぬ』と『電車男』と『友情』の話をマクラに、近代小説の「定型」がどのようにしていま破綻と再生の瀬戸際に立っているか、というたいへんスリリングなお話を始める。

最初は高橋さんにマイクを預けて机の上に突っ伏していた私も、あまりの話の面白さについつい目が覚めて、「そういえば、こんな話が……」と「デインジャーとリスク」の話、「他者性には、時間的に表象されるものと空間的に表象されるものの二種類がある」という話になる。

そして、「日本文学の謎」橋本治についてどうして批評家は論じることができないのかという大ネタでぐっと盛り上がり、「オレ様化する作家たち」「作品の価格設定権を手放さない作り手たち」「明治の速度」……とテンポ良く話は進み、文学にかぎらず日本の知的状況は「逃れうるものは逃れよ *sauve qui peut*」という前線崩壊状態になっているということを確認した上で、「前線から敗走してきた敗残兵たちが踏みとどまって集合する地点・難破船の乗組員たちが浮遊物を集めて組む筏」のような「次の時代の秩序」の起点がおそらくは二〇〇五年にその姿を現すであろうという希望にみちた予言で対談を終える。

実によい話であった。

高橋さんは「ソーヴ・キ・プ」という語感がたいへんお気に召したようで、「ソウブキップ」というのは競走馬の名前にぴったりだとおっしゃっていた。「総武切符」と覚えると中山競馬場に行く人はすぐに覚えてくれそうだし。

先週は橋本治さんと、今週は高橋源一郎さんと、それぞれかなり集中的に文学について語る機会に恵まれたことになる。このおふたりは考えてみると、文壇的にはほとんど対極的なポジションに位置する作家であるけれど、いかなる定型にもとらわれない「文学する自由」を全身で愉悦する態度と「文学の現実変成の力」への信頼において深いところで共通しているように私には思われた。

近代一〇〇年の歴史を終えつつある「ニッポンの小説」の再生を担うのは間違いなくこのお二人ともう一人村上春樹さんであろう。

2005.3.25

5

雪かきくん、世界を救う

村上春樹とハードボイルド・イーヴル・ランド

「村上春樹の小説のテーマって、何でしょう?」

いきなり学生にそう聞かれた。

むずかしい質問だ。

「気分のよいバーで飲む冷えたビールは美味しい」というのは間違いなく全作品に共通する言明ではあるが、これは「テーマ」とは言えない。

しかし、あらゆる質問に間髪を容れずに答えるのは大学教師に求められる重要な技能の一つである。私は即座に答えた。

「それはね、ヨシオカくん。『邪悪なものが存在する』ということだよ」

言ってから、意外なことに正解を言い当ててしまったことに気がついた。

村上の小説はある種の連作をなしていて、主人公はどこでも「僕」と名乗っている。『風の歌を聴け』『1973年のピンボール』『羊をめぐる冒険』『ダンス・ダンス・ダンス』の「僕」は、その職業や交友関係を徴する限り同一人物と思われる(その他の作品でも、「僕」はそのつどいくぶんか風貌を異にするけれど、本質的には同一人物である)。

「僕」は別に冒険的な人物ではなく、世俗的野心もない。美味しいビールと美味しいパスタとジャズとアイロンかけが好きなふつうの青年（しだいに中年）である。彼が求めているのは、誰からもこづき回されることなしに、自分に託された仕事を職人的にきちきちとこなして「まっとうな生活」をすることだけである。

『ダンス・ダンス・ダンス』で、「僕」は自分の仕事を「文化的雪かき」みたいなものだと説明している。

雪が降ると分かるけれど、「雪かき」は誰の義務でもないけれど、誰かがやらないと結局みんなが困る種類の仕事である。プラス加算されるチャンスはほとんどない。でも人知れず「雪かき」をしている人のおかげで、世の中からマイナスの芽（滑って転んで頭蓋骨を割るというような）が少しだけ摘まれているわけだ。私はそういうのは、「世界の善を少しだけ積み増しする」仕事だろうと思う。

当然ながら、そんな生活を淡々と描いただけでは世界文学にはならない。もちろん「僕」の身には驚くべき事件が起こる。たいてい「僕」の前には「異界のひと」が出現する。『羊をめぐる冒険』の「鼠」、『ダンス・ダンス・ダンス』の「羊男」、『ねじまき鳥クロニクル』の「加納マルタ」、『スプートニクの恋人』の「すみれ」などなど。

「僕」は彼らの導きによって、現実とは違う世界に触れる。ところが現実の世界と幻想的世界がないまぜになって物語が佳境に入ると、ほとんどつねにこの「異界のひと」たちは謎めいたメッセージを残したままかき消えてしまう。

村上春樹のワンダーランドにおいて、この「異界のひと」たちが「何を意味するのか」、私には長いあいだ分からなかった。彼らは何かの隠喩なのだろうか。彼らの語る言葉は何か私たちの世界の成り立ちについての重要な情報を含んでいるのだろうか。

異界のものが出てくるとドラマが大団円を迎えるという物語の構成だけとれば、浅田次郎も同じである。それなら村上春樹と浅田次郎は同じことを書いているということになるのだろうか？（そんなわけないよな）というところで私は袋小路に入り込んでしまったのである。

ヨシオカくんの質問に間髪を容れずに答えたとき、不意に「異界のひと」たちは読者を袋小路に誘うためのダミーだったということに気がついた。

異界からの使いたちは「何かメッセージを伝えるために」主人公の「僕」の前に姿を表したに違いない、私はそう考えた。だから、私は彼らの「メッセージ」の「意味」を知ろうとしたのである。だが、異界から到来する人々はじつに難解なことを語る。

「俺は俺の弱さが好きなんだよ。苦しさやつらさも好きだ。夏の光や風の匂いや蝉の声や、そんなものが好きなんだ。どうしようもなく好きなんだ。君と飲むビールや……」

（『羊をめぐる冒険』㊦、二〇四頁）

「踊るんだよ」羊男は言った。「音楽の鳴っている間はとにかく踊り続けるんだ。おいらの言ってることはわかるかい？　踊るんだ。踊り続けるんだ。何故踊るかなんて考えちゃいけない。意味なんてことは考えちゃいけない。意味なんてもともとないんだ。（……）」

（『ダンス・ダンス・ダンス』㊤、一六四頁）

わたしにはあなたが本当に必要なんだって。あなたはわたし自身であり、わたしはあなた自身なんだって。ねえ、わたしはどこかで――どこかわけのわからないところで――何かの喉を切ったんだと思う。包丁を研いで、石の心をもって。中国の門をつくるときのように、象徴的に。わたしの言うこと理解できてる？

（『スプートニクの恋人』、講談社文庫、一九九九年、三一七頁）

私は律儀な読者としてこれらの「異界からのメッセージ」が何を言おうとしているのかを考えた。考え続けた。そして、「わたしの言うこと分かる？」とすみれさんに問い詰められても、結局分からなかった。

最後に分かったのは、「これらのメッセージには意味がない」ということであった。

羊男くんがきっぱりと言い切っていたように、「意味なんてことは考えちゃいけない。意味なんてもともとないんだ」というのは異界からのメッセージの読み方を指定するメタ・メッセージだったのである。

私は読み方を間違えていたのである。

私たちはたいていの場合、原因と結果を取り違える。

異界からの理解不能のメッセージは、「僕」の住む人間たちの世界に起きている不条理な事件を説明する「鍵」であるに違いない。私はそう思い込んで、物語を読んでいた。どうして、そんなふうに信じ込んでしまったのだろう。どうして、意味の分からないメッセージには「意味がない」という可能性を吟味しようとしなかったのだろう。

それは私たちの精神が「意味がない」ことに耐えられないからである。

私たちは「意味がないように見えることにも、必ず隠された意味がある」と思い込む。私たちが「オカルト」にすがりつくのはそのせいだ。

一見意味がないように見えることにも「実は隠された意味がある」と言ってもらうと、私たちは安心する。

だって、私たちがいちばん聞きたくないのは、「無意味なものには意味がない」という言葉だからである。

しかし、作家たちのだいじな仕事の一つはその言葉にリアリティを与えることだ。『城』のカフカ、『異邦人』のカミュ、『グレート・ギャツビー』のフィッツジェラルド、『フランシス・マコーマーの短い幸福な生涯』のヘミングウェイ……村上春樹はおそらくそのような作家たちの系譜に連なっている。

「僕」の住むこの世界で「僕」や「僕」の愛する人々は、「邪悪なもの」の介入によって繰り返し損なわれる。だが、この不条理な出来事の「ほんとうの意味」は物語の最後になってもついに明かされることがない。

考えてみると、「不条理な物語」だ。

しかし、これらの物語を逆向きに読むとき、はじめてその意味が見えてくる。

これらの物語はすべて「この世には、意味もなく邪悪なものが存在する」ということを執拗に語っているのである。

邪悪なものによって損なわれるという経験は私たちにとって日常的な出来事である。しかし、私たちはその経験を必ず「合理化」しようとする。

愛情のない両親にこづき回されること、ろくでもない教師に罵倒されること、バカで利己的な同級生に虐待されること、欲望と自己愛で充満した異性に収奪されること、愚劣な上司に査定されること、不意に死病に取り憑かれること……数え上げればきりがない。

だが、そのようなネガティヴな経験を、私たちは必ず「合理化」しようとする。

これは私たちを高めるための教化的な「試練」であるとか、私たち自身の過誤に対する「懲罰」であるとか、私たちをさらに高度な人間理解に至らせるための「教訓」であるとか、社会制度の不備の「結果」であるとか言いつくろおうとする。

私たちは自分たちが受けた傷や損害がまったく「無意味」であるという事実を直視できない。

だから私たちは「システムの欠陥」でも「トラウマ」でも「水子の祟《たた》り」でも何でもいいから、自分の身に起きたことは、それなりの因果関係があって生起した「合理的な」出来事であると信じようと望む。

しかし、心を鎮めて考えれば、誰にでも分かることだが、私たちを傷つけ、損なう「邪悪なもの」のほとんどには、ひとかけらの教化的な要素も、懲戒的な要素もない。それらは、何の必然性もなく私たちを訪れ、まるで冗談のように、何の目的もなく、ただ私たちを傷つけ、損なうためだけに私たちを傷つけ、損なうのである。

村上春樹は、人々が「邪悪なもの」によって無意味に傷つけられ、損なわれる経験を淡々と記述し、そこに「何の意味もない」ことを、繰り返し、執拗に書き続けてきた。

『1973年のピンボール』の中で、ジェイは「鼠」に向かって、前足が潰された飼い猫の話をする。車に轢かれたのかとも思ったが、それにしてはひどすぎる。誰かが猫の前足を万力をかけて潰したみたいな傷である。

「まさか。」鼠は信じられないように首を振った。「いったい誰が猫の手なんて…。」

ジェイは両切の煙草の先を何度かカウンターで叩いてから、口にくわえて火を点けた。

「そうさ、猫の手を潰す必要なんて何処にもない。とてもおとなしい猫だし、悪いことなんて何もしやしないんだ。それに猫の手を潰したからって誰が得するわけでもない。無意味だし、ひどすぎる。でもね、世の中にはそんな風な理由もない悪意が山とあるんだよ。あたしにも理解できない、あんたにも理解できない。でもそれは確かに存在しているんだ。取り囲まれてるって言ったっていいかもしれないね。」

（『1973年のピンボール』、九一〜九二頁）

私たちもおそらく例外ではない。「万力にはさまれた猫の手」のような、「無意味で、ひどすぎる」経験が次の曲がり角で私たちを待っているのかも知れない。かなり高い確率で、と村上春樹は言う。

だから、角をまがるときは（無駄かも知れないけれど）注意をした方がいい。

そして、おそらく、そのような危機の予感のうちに生きている人間だけが、「世界の善を少しだけ積み増しする」雪かき的な仕事の大切さを知っており、「気分のよいバーで飲む冷たいビールの美味しさ」のうちにかけがえのない快楽を見出すことができるのだと私は思う。

（『Meets Regional』二〇〇二年三月号、京阪神エルマガジン社）

ハーバーライトを守る人

『ミーツ』の江さんがたいへん痛快なエッセイを書いている。「都会的なるもの」と「街的なるもの」の違いについての考察である。

私は江さんの感覚がとても好きだ。

私自身は「街」ということばではなく、「都市」ということばをつかう。その定義は江さんの「街」とはたぶん微妙に違う。それについて書いてみたい。

十年ほど前、日本における「都市」の定義というものを思いつき的にしたことがある。

そのとき私が考えた条件は一つ。

それは「チャイナタウンのある街」というものである。

ここでいう「チャイナタウン」は比喩的な意味のそれである。「チャイナタウンのある街」というのは「港町」であるということである。

この場合の「港」は地理的に海岸を意味するわけではない。

川沿いであろうと、内陸部であろうと、山のてっぺんであろうと、排除的な境界線が効果的に機能しないために、「入ろうと思えば、どこからでも入れる」ならば、そこは「港」の条件のひとつを備えていると言ってよい。

ある街が「港」として機能するためには、境界線の開放性の他に第二の条件が続く。

それは「ハーバーライト」が存在すること、である。

つねに変わりなく暗夜に信号を送る「輝く定点」がなければ、船は港に戻れない。

「ハーバーライト」には「おーいらみーさきのー*」と静かに灯を守る人間（佐田啓二）がいなければならない。いくらボーダー・コントロールがアバウトでも、誰ひとり「定点」を守る人間がいない土地は「港」としては機能しない。

私はそのような役割を引き受ける人間のことを「見守る人」（センチネル）と呼んでいる。

港町には「異族」が住みつく。

これが第三の条件である。

「異族」が住みつくことのできない街は「港町」とは言われない。

彼らは「故地」を離れて来た人間たちである。「レフ・レハー」（私があなたに示すその地に至れ）という言葉を聴き取って、父祖の地を離れてきた人間である。

ここでいう「異族」は人種とも国籍とも関係がない。

異郷に向けて旅立つことが、いつか故郷の島にもどって、その驚くべき冒険譚を語り聴かせるための「帰ることが予定されている旅」ではなく、「帰らない旅」であるような旅を選んだ人々を「異族」と呼ぶのである。

「異族」は「港町」に住みつく。

そこしか彼らが安住できる土地がないからだ。

そして、しばしば彼らは「ハーバーライトを守る」仕事に「原住民」よりずっと真剣に取り組む。

それは彼ら自身がかつて暗夜の海をあてどなく航海したときに、「港」の明かりがどれほど温かく見えたかを記憶しているせいだろう。

私はそういう街が好きだ。

故郷を離れてきた人間が、その街の灯りを絶やさないために黙々と「センチネル」をつとめるような街。

過去を持たない人間が静かに護る「逃れの街」。

そういう意味で、東京は「大都会」ではあるけれど、「港町」ではない。

たしかに、そこにはさまざまな出自の人々が自由に蝟集《いしゅう》している。排他的な境界線が機能していないという点では「自由な街」なのかもしれない。

けれども、東京には「センチネル」がいない。

東京のハーバーライトを守ることを自分の責務だと考えている人間がいない。そもそも、そのような役回りの人間を敬する精神的土壌が東京には存在しない。

もちろん、江戸時代から何代にもわたって土地に根づいている人はいる。

けれども、彼らは暗夜に向けて灯りを送り、見知らぬ異郷からやってくる「異族」を迎えることが自分の責務だとは思っていない。

村上春樹の造形した人物の中で、私がいちばん好きなのは「ジェイズ・バー」のジェイである。

彼は過去を語らない中国人であり、「僕」と「鼠」にとって、帰りたいときに（結局彼らはそこに帰ることはないのだが）帰ることのできる場所を指し示す「ハーバーライト」の役割を静かに引き受けている。

この人物が私にとって「港町」というものを端的に表象している。

ジェイズ・バーは『風の歌を聴け』と『1973年のピンボール』と『羊をめぐる冒険』における記述を仔細に検討するならば、芦屋の国道二号線から少し入ったところに存在する。

私が「芦屋の国道二号線から少し入ったところ」に居住することに固執するのは、そこに私にとっての理想的な「港町」があるような気がするからである。

2005.4.11

＊木下忠司作詞「喜びも悲しみも幾歳月」

三大港町作家

「大都会」とふつうの「都市」を識別する指標は何だろうか。

人口の多さではむろんない。政治的、経済的なセンターがあること。それだけでは十分ではない。文化的な発信基地であること。これはかなり近いが、それらは大都会であることの結果であって、原因ではない。

「他の都市、他の国の人々が、そこで違和感なしに暮らせる場所」というのが、私が「大都会」について下す定義である。「その中に《異国》を含む場所」と言い換えてもいい。

日本の場合はながいこと非常に分かりやすい指標があった。「チャイナタウン」がそれである。「チャイナタウン」を含む街を私は勝手に「大都会」と決めていた。

私の定義に従うと、日本には三つ大都会がある。横浜、神戸、そして長崎である。

この三都市には非常に共通点が多い。

港町であること、外国人の居館が観光名所であること、海に向かって下る急峻な斜面の上に街が展開していること、高台を「山手」と呼び、上の方にあがるほど社会的ステイタスが高くなること、「山手」にミッション系の女子校があり、そこが流行の基点になっていること、食べ物がおいしいこと、やくざが多いこと、「日本で最初に……をした」（新聞を出した、列車が開通した、カステラを焼いた、モスクができた、株式会社ができた……）場所であること、などなど、数え上げれば切りがない。

これらはいずれもこの三都市が「外部」に向かって開かれており、うちに「異国」を取り込むことで活性化してきたことのしるしである。つまり、この三都市は「風通しのよい街」なのである。

しかし、これだけの話なら、べつに私の創見ではない。これまでも同じことをたくさんのひとが指摘している。私が言いたいのは別のことである。

この三都市は私たちの世代を代表する作家たちの出身地なのである。

神戸は村上春樹と高橋源一郎、横浜は矢作俊彦、長崎は村上龍の出身地である（村上龍は佐世保だが、まあ、隣だから）。

村上春樹は県立神戸高校から早稲田の文学部にすすんだ。『風の歌を聴け』や『羊をめぐる冒険』には急な坂道が（いまは埋め立てられてしまった）海へ向かっている、東西に狭い小さな街が繰り返し出てくる。これは彼の育った芦屋の街である。その街で彼はアメリカのポップ・ミュージックを聴きアメリカの小説を読んで少年時代を過ごした。

高橋源一郎は灘中、灘高を出て、それから横浜国大に進んだ。大学を中退した後、肉体労働をしていた期間もずっと横浜周辺に暮らしていたので、「港町志向」は一貫している。

村上龍は県立佐世保北高校から武蔵野美術大学。彼の場合は「米軍基地のある街から米軍基地のある街へ」という移行パターンが明瞭だ。『69』では、彼は六〇年代の終わりの基地のある街での元気な高校生の姿を活写している。

「米軍基地」という日本の中の異国に対する思い入れがいちばん深いのは矢作俊彦である。矢作の小説のほとんどは横浜が舞台である。矢作は、横浜以外の街には住む価値がないと繰り返し主人公に語らせる。横浜の圧倒的な優位性を支えるのは、「アメリカ」の存在だ。PX、大排気量のアメ車、芝生のあるハウス、ポニーテールの少女たち、アイスクリーム。矢作の「横浜小説」は今はなき「夢のアメリカ」へのラブコールで満たされている。

彼らが少年期に共通の通過儀礼として経験した「アメリカ」は現実のアメリカではない。それは一九六〇年代の日本の少年たちが紡ぎだし、アメリカに投影した、恐怖と魅惑の「異国」のイメージに他ならない。

「アメリカ」は小説とポップスによって、あるいは脅迫的な軍事力のすきまから滴り落ちるドラッグとセックス、大排気量のアメ車とロックンロールをつうじて、少年たちを魅了した。そうやって少年たちはそれぞれの資質に従って、みずからの「異国」のイメージを選んだ。それぞれの「異国」は彼らの小説のすべての作品に消すことの出来ない匂いをしみつかせている。

三大港町が私たちの時代を代表する先鋭的な作家たちを生み出したことは決して偶然ではな

いと私は思う。

異国との回路は少年たちを高揚させる。少年に取りついた恐怖と魅惑の異国の夢が、彼らの想像力を強く刺激し、やがて彼らをいやおうなく「書くこと」へと導いた。私はそう考えている。

東京はいまようやく「大都会」になりつつある。

赤坂や新宿の東北部にはコリアン・タウンが、新大久保にはバングラデッシュ・タウンが、池袋にはパキスタン・タウンが形成されている。上野公園には日曜毎に数百のイラン人が集まり、新宿歌舞伎町では中国系マフィアが日本のやくざを放逐した。それぞれの「民族共同体」では日本の警察がはいりこめない内部での紛争や抗争を独自の司法システムによって裁決しているという。

これらはすでに日本のうちなる「異国」と申し上げてよろしいであろう。

外国人労働者の大量流入によるエスニック・グループの集住は、短期的なスパンで、かつエゴイスティックに発想する限りは、日本社会にとってマイナスになるだろう。しかし、あと二十年後に、「異国」との出会いに恐怖と魅惑を感じて成長するいまの東京の小学生たちのなかから、巨大なスケールの作家が登場してくることを想像すると、私は不思議な興奮を禁じ得ないのである。

というような文章を今から十六年前に書いた。

書いてからそろそろ二十年になるけれど、はたしてその頃の「東京の小学生たち」の中から「巨大なスケールの作家」は誕生しつつあるのだろうか。よくわからない。高橋さんに訊くとわかるかも知れない。

1999.4.11

アーバンとピンボールの話

アーバンから「株の配当」がくる。不労所得というのはありがたいものである。東のほうを向いて、一礼。平川君、ごちそうさま。

第二十四期の売り上げ報告も添付されていた。

業務報告の「概要」のところにはこう書いてある。

「株式会社アーバン・トランスレーションは一九七七年に、翻訳・通訳を主業務とし、代表取締役の平川克美、現在神戸女学院大学教授の内田樹（現監査役）らによって設立された。二〇〇〇年十月をもって二十四決算期を終了しており、総収入は七億五二〇〇万円、従業員数は四五名」

一九七七年に創業したときの第一期の売り上げが一六四〇万円であるから二十四年間で四十五倍になった計算である。

一月の売り上げが五〇〇万円くらいのときは、自分のやっている仕事と売り上げと給料の関係が非常に分かり易かった。

仕事をする、お金をもらう、山分けにする、おしまい、である。

七億五〇〇〇万円というようなオーダーになると、会社のしくみはたぶんそれほど単純ではないだろう。

数年のちには上場の予定らしい。

一九六二年に小学校で二人で遊んでいるころは、こんなことになるなんて想像もしていなかった。七七年に道玄坂のおんぼろビルで創業したときも、こんなことになるなんて、想像もしていなかった。

なんだか夢のようである。

村上春樹の『羊をめぐる冒険』の主人公は僕たちとだいたい同い年で、同じ頃、渋谷のオフィスビルで友人と翻訳会社をやっている。その中に会社を創業した二人の男がオフィスで話している場面がある。「一九七八年の九月」のことだ。


「いろんなものが変っちゃったよ」と相棒が言った。「生活のペースやら考え方がさ。だいいち俺たちが本当にどれだけもうけているのか、俺たち自身にさえわからないんだぜ。税理士が来てわけのわからない書類を作って、なんとか控除だとか減価償却だとか税金対策だとか、そんなことばかりやってるんだ」

「どこでもやってることだよ」

「わかってるさ。そうしなきゃいけないことだってわかってるし、実際にやってるよ。でも昔の方が楽しかった」

（『羊をめぐる冒険㊤』、八二頁）

僕はこの箇所を読んだときに既視感で目の前がくらくらした。「なんで村上春樹はアーバンのことを知ってるんだろう？」と思ったからである。すぐれた作家というのは、誰でも読者に「どうしてこの人は私のことをこんなに詳しく知っているのだろう？」という問いを発させる力を持っているのだが、それにしても。

だって、僕たちは「一九七八年の九月」に渋谷のオフィスビルで翻訳会社をやっていて、事業がどんどん拡大してゆくことにたいして、僕と平川君はときどき「昔の方が楽しかったね」とこぼし合っていたのである。

一九七七年に平川くんと僕は大学を出たけれど、どこも雇ってくれるところがなかったので、自分たちのために雇用を創出すべく、渋谷の道玄坂に小さな翻訳会社を創業した。そのとき、道玄坂に翻訳会社なんかうち一軒しかなかった。僕たちの会社は当時としてはかなり不思議な成り立ち方をした会社だったし、その経営方針もずいぶんと牧歌的なものだった（そのわりにはきちんと収益を上げていたのである）。

どうして、村上春樹の小説世界と僕たちの現実のあいだに「シンクロニシティ」が生じてしまったのか。

理由はわからないけれど、「こういうこと」はあるって僕は思う。

村上春樹が小説を執筆したのは、僕たちが仕事をはじめたよりかなり後のことである。もちろんアーバン・トランスレーションをモデルにして書いたわけではない（と思う）。知っていたはずがないから。でも、平川君はその頃あちこちで「あれはアーバンがモデルなんでしょ？」と訊かれたそうだ。

まるでパラレルワールドのように、自分たちの会社とそっくりな会社が村上春樹の物語の中に登場してくる。

たぶんある種の文学作品ではそういうことが起こるのだ。そういうミステリアスな力をもった作品が奇跡的に存在するのだ。

2001.2.22

三〇～四〇代の女性に薦める一作――『神の子どもたちはみな踊る』

三〇～四〇代の女性が読んで「元気が出る本」を選んで欲しいというお申し出でしたので、これを選んでみました。

この本は九五年の阪神淡路大震災の後に書かれた五編の短編を収めています（ですから英語版タイトルは『地震の後で』）。私も地震のときに芦屋にいましたが、そのときにいくつか分かったことがあります。

一つは、こういう巨大な規模の出来事については、一人一人経験の質も深さもあまりに異なっているので、他者の経験に共感し理解することはなかなか困難だということです。

もう一つは、そのときいちばん心を鎮めてくれたのが、「とりあえず僕には何ができるか？」という問いだったということです。「何をして欲しいか」ではなく、「何ができるか」というふうに問いを立てることで、僕は心理的にも身体的にも危機的な何週間かを無事に乗り切ることができたように思います。というのは、「何をして欲しいか」という問いを立てる人間は自分がどれくらい傷ついたか、どれくらい失ったかを数え上げなければなりません。でも、「何ができるか」と問う人間は、自分には何が残されたか、自分にはまだどんな能力があるかについてのリストを作ることになります。どちらが心身の健康によいかは言うまでもないでしょう。

『神の子どもたちはみな踊る』の主人公たちには共通点があります。それは彼らがいずれもある巨大な出来事のせいで深く損なわれたにもかかわらず、「自分の身に何が起きたのか？」を探求することをとりあえず後回しにして、「自分は今ここで何をすることができるのか？」という具体的な問いに向かおうとすることです。

僕がいちばん好きなのは「かえるくん、東京を救う」です。一匹のかえると、風采のぱっとしない信用金庫の営業マンの片桐くんが首都を破滅的な大災害から救うというスリリングなSF的物語です。誰にも知られることのない、ほんのわずかな善意と献身的な日常の努力が僕たちの宇宙の秩序と平和を下支えしているという村上春樹の「宇宙論的仕事観」はいつも僕を勇気づけてくれます。みなさんも一読して、「よっしゃ働くか」という気分になってくれるとうれしいんですけど。

（『ルチェーーレ！』二〇〇六年十二月七日号、ベネッセコーポレーション）

ふるさとは遠きにありて思ふもの

ふるさとは遠きにありて思ふもの　そして悲しくうたふもの。*

昔の人の言うことはつねに含蓄深い。

ふるさとは遠くから、悲しみを介して回想されるべきものだ。

「どうして、遠くから、悲しみながらじゃないといけないんですか？　一緒に仲良く楽しく暮らしている家庭だって、あるじゃないですか」

若いね。お嬢さんは。

「一緒に暮らしてにこにこしている家族」というようなものは、「そのもの」としては存在しないのだ。「そのようなものがかつて存在した」という仕方で、回想の中にだけ存在するのである。この世に存在するのは、「そばにくっついていて、うんざりしている家族」と「遠く離れていて、悲しみとともに歌われる家族」の二種類だけだ。そして室生犀星はできることなら後者を選ぶことを私たちに勧めていたのだ。

「それは先生、決めつけすぎですってば。うちなんか、親子きょうだい仲いいですよ。笑いの絶えない明るい家庭なんだから！」

先生だって、親子兄弟仲良しだよ。感動的に仲が良いと言ってもいいくらいだ。

でもね、それはウチダ家のみなさんが、親しく近くにあって、お互いを深く理解し合っているからではない。むしろ、それぞれが遠くにあって、悲しみのうちにあとのメンバーのことを「歌う」というスタイルを律儀に守っているせいだと私は思っている。

「なんで、わざわざ遠くに離れて、悲しげに歌なんか歌わないといけないんですか。近くにいて、いっしょに笑ってる方が、楽しいじゃないですか」

若いね。お嬢さんは。

家族はべったり親密である必要はない。むしろ、遠慮がちであるくらいの方がよいと主張しているのは、ウチダの妄説では決してない。村上春樹だってウチダと同意見なのだ（ウチダはラーメンについて以外は、ほとんどいかなるトピックについても、かの文豪と意見を異にしたことがない）。

「親と子が何でも話せる楽しい家庭」という標語を街角で見て、なにげなく歩きすぎたあと、村上春樹はその標語について深く考え込んでしまった。

そしてこう書いている。

それはともかく、親と子が何でも話せる家庭というのは本当に楽しい家庭なんだろうか？　と僕はその標語の前に立って、根本的に考えこんでしまう。こういう標語は時として根本的な思考の確認を迫ることがある。僕は思うのだけれど、家庭というのはこれはあくまで暫定《ざんてい》的な制度である。それは絶対的なものでもないし、確定的なものでもない。はっきり言えば、それは通りすぎていくものである。不断に変化し移りゆくものである。そしてその暫定性の危うさを認識することによって、家庭はその構成員のそれぞれの自我をソフトに吸収していくことができる。それがなければ、家庭というものはただの無意味な硬直した幻想でしかない。

（『村上朝日堂　はいほー！』、新潮文庫、一九九二年、一一六〜一一七頁）

これに付け加えるべき言葉を私は持たない。

村上の言うとおり、家庭というのは「暫定的な制度」であり、つかのまに移ろい消えてゆくものである。そして、それゆえにこそ、私たちを統合する力を持ち、制度として機能している。

「どうしてですか？　なんで、移ろいゆくものが人々を統合するんですか？　統合軸って、かっちり安定したものの方がいいんじゃないですか？」

それがね、違うんだよ。

安定的で恒久的なものは人間たちを統合することができない。

勘違いしている人が多いけれど、私たちが何かにはげしく惹き付けられ、それに固着するのは、それが移ろい、壊れ、消えてゆくものだからだ。

たとえば私たちの文化が「美」と認定するものは「花鳥風月」とか「雪月花」という言葉で

まとめられる。花、鳥、風、月、雪、共通する特性とは何だか分かるかね。

「枯れる、飛び去る、吹き去る、欠ける、溶け去る……みんな消えるものだって、ことですか？」

そうなのだよ。

失われるものにだけ私たちは美を感じる。失われるものだけに私たちは美を見出す。ことは「美」に限らない。およそ私たちが「価値あり」と思うすべてのものは、その本質的な「無常」性に担保されているのだ。お金は使って失わないとお金としては機能しない。権力は「すべての人が権力者の死を願う」までに濫用されないと畏怖されない。情報は、「私は誰も知らないことを知っている」とショウ・オフしない限り情報として承認されない。

そういうものなのだ。「失われることでしか機能しないもの」に価値がある、というのが人間社会のルールなのだ。どうして、そういうことになっているのか、私には分からない。でも、大昔からそういうことになっているのである。

家族もまた同様である。

それが人間たちを共同的に生きさせるために、人間が作り出した制度である以上、それもまた「失われるもの」を軸として構造化されなければならない。

家族が家族として成立するのは、そこに集うメンバーたちがいずれ必ず消え去ることが確実だからだ。子どもたちは進学したり就職したりして家を出て行くし、爺さん婆さんはいずれ死ぬ。そういうテンポラリーな共同体であるからこそ、その家族における印象深いすべての出来事は、「ああ、あのときにはまだ……がいたんだ」というメンバーの欠落とともに回想されることになる。

『北の国から』というTVドラマのシリーズがある。見たことがあるかね。

あのドラマは一九八一年に始まって、間欠的に二〇〇二年まで放映されたんだけど、シリーズのテーマは何だと思う？

「家族愛、ですよね？」

そうかもね。でも、あのドラマは家族が仲良くいっしょに暮らしましたとさ、という話ではまるでない。そもそも、黒板家は回想シーン以外では家族全員が揃うことが二十二年間一度もなかった実に不思議な家庭なのだ。最初は離婚、次は母親の死。そのあと息子と娘の離郷が繰り返される。結婚や出産で家族が増えようとするときには必ず家族か家族に準じる誰かが死ぬ。だから、「残りの全員」が顔を合わせるのは葬式の場面だけなのだ。

倉本聰は家族の本質を正しく見抜いている。

家族というのは誰かが抜けないと、誰かが入れない「椅子取りゲーム」に似ている。つねに「誰かが足りない」という感じを共有する人々、実はそれこそが家族なのだ。

親族が集まったとき、「ある人」がいないことに欠落感を覚える人と、その人がいないことを特に気にとめない人がいる。

「その人がいない」ことを「欠落」として感じる人間、それがその人の「家族」である。その欠落感の存否は法律上の親等や血縁の有無とは関係がない。

「なるほど。はじめて聞く説ですけど、そういわれてみると、そんな気が……」

私がいま初めて思いついた説なんだから、聞いたことがないのは当然だけれど、そうだと思わないかい？　家族を条件づけるのは、「共生」や「充足」ではなく、「欠落」と「不在」なのだ。

現に、『北の国から』では、ドラマの流れを決定づけるような大事件はつねに「その場に居合わせない誰か」の身に起きる。黒板家の誰かが遭遇する決定的な「喪失」の経験には他の誰も立ち会うことができない。だから、劇中では「そのとき僕は、そんなことが起きているなんて、少しも知らなかったわけで」という吉岡秀隆のナレーションが執拗に繰り返されるのだ。

「そういえば、そうですね」

そうなんだよ。だって、考えてごらんよ。君は「他人」の身に起こった出来事について「そんなことが起きているとはそのときは少しも知らなかったわけで」というような回想の仕方をするかい？　しないだろう？　だって「他人」なんだから、その身に何が起きているかなんて知れるはずがない。だから、知らないのが当然だ。

しかし、「その身に起きたこと」を「私は知っているべきだった」というふうにあとから感じてしまう人がいる。ある人の身に起きた事件について、「そんなことが起きているとは少しも知らなかった」というふうに回想してしまう人、それがその人の「家族」なのだ。

「つまり、家族のメンバーシップの条件とは、そこにいるときに『いる』と感じられる人ではなく、いないときに『いない』と感じられる人、ということなんですね」

おお、クリアカットな定義だな。その通りだ。だからある人が家族のメンバーであるかどうかは、「いないとき」にしか分からないのだ。

「子を持って知る親の恩」とか「墓にふとんは着せられず」ということわざがあるだろう。どちらも言っていることは同じだ。家族の一員であることの「幸福」というのは、それが失われたあとになって事後的に回想されるだけで、リアルタイムでは決して経験されない。

家族であることの幸福は失われたあとになって悲しみのうちに、劇的に、回顧される。

それが家族を成立させている「秘密」なのだ。

何かが存在したことを人に信じさせる最良の方法は、「それはもう失われた」と歌うことだ。だから、私たちは執拗に「失われた恋」を歌い、「失われた青春」を歌い、「失われた故郷」を歌う。そのような「悲しみの歌」を通じて、「恋」や「青春」や「故郷」は私たちの記憶の中に、あたかもそのようなものが確固として存在したかのように、深く根づく。（それがほんとうはどこにも存在しなかった、偽造された記憶である場合でさえ）それが「二度と還ってこない」というのは紛れもない真実だから、私たちはそれを万感を込めて歌うことができるのだ。

「そ、そうだったんですか……」

結論を述べよう。

家族とは誰かの不在を悲しみのうちに回想する人々を結びつける制度である。

だから、家族はほんらいそのメンバーを幸福にしたり、その欲求を満たすためにあるのではない。家族にはそんな機能はないし、そんな機能を求めるべきでもないのだ。

それは、遠くから、悲しく歌うものなのである。

そして、その歌に唱和する人たちを固く深く結びつける制度なのである。


（『Meets Regional』二〇〇三年一月号、京阪神エルマガジン社）

＊室生犀星『小景異情その二』より

一〇〇パーセントの女の子とウェーバー的直感について

終日原稿書き。

『街場のアメリカ論』をごりごり書き進んで行く。

テープ起こしの草稿なので、ところどころ「がばっ」と抜けている。これはMDが録音不良で聴取不能であったのか、私の思弁が暴走して理解不能であったのか、あるいはM島くんが「つまんないすよ、これ」とばっさり削除されたのか、そのへんの事情はつまびらかにしない。

しかし、いかにも怪しげなマクラだけふってあって、そのあとの本論が「ない」というのは読んでいていささか切ない。

しかたがないので、抜けている箇所を適当に補う。自分が過去にした話を想像的に補填しているわけである。「創作」というか「改竄《かいざん》」というか、オリジナルとはかなり違うものになっているはずである。

この話をしている一年前の私と、それを校正している今の私は「同一人物」とは言えないからである。

自分がマクラだけ振っておいて続きが記録されていないセンテンスを書き綴っている「私」の中には一年前の「私」といまの「私」が輻輳《ふくそう》している。

自分の書いた原稿のデータを校正する作業はなかなか楽しいけれど、それは推敲して文章を彫琢《ちょうたく》することが楽しいというのとは少し違う。そうではなくて、「自分がどうしてこんなことを書いたのかわからない」フレーズに「私のアイデンティティ」の「隙間」のようなもの、「異界」へ通じる隘路のようなものを感知するからである。

村上春樹は長編小説を書いたあと、とんとんと原稿用紙の端をそろえて、また頭から全部書き直すそうである。

それは自分の仕事を「完成させる」ということよりもむしろ、「私は何で『こんなこと』を書いてしまったのだろう？」と思わせるような「私の中から出てきた謎」の跡を追って「見知らぬところ」に出てゆくことの愉悦を求めてではないかと推察されるのである。自分の書く文章を完全にコントロールして、コンテンツを熟知しているような書き手の書くものは、読む側からすると、たぶんそれほどスリリングではないような気がする。

寝る前に村上春樹の『象の消滅』を読んで、そんなことを思った。

ここに収録されている十七編の短編はすべて読んだことのあるものだけれど、編者であるフィスケットジョンのセレクションのセンスがよい。

私自身の村上春樹ベスト短編は「四月のある晴れた朝に１００パーセントの女の子に出会うことについて」と「中国行きのスロウ・ボート」と「午後の最後の芝生」であるが、その三つともちゃんと収録されている。

「四月の……」はものすごく身にしみる短編である。

アメリカ人の読者にもよくわかるのであろう。

私自身も街を歩いていて、「あ、いま、あっちから来る女の子がぼくにとっての一〇〇パーセントの女の子だ」と電撃的確信を得たことがこれまでの人生に二、三度ある。

もちろん確信を得ただけで、そのまま右と左にすれ違ってしまうのだけれど、その女の子とはやはりどこかでその後も「つながっている」ような気がする。

例えば、私の娘とその女の子の子どもが、何十年かあとに、どこかで仲のいい友だちになるとか……そういう仕方で。

はじめて会ったのにつよい「既視感」を覚える人がときたまいる。それは私自身の記憶にではなく、「誰か」の記憶に由来する既視感であるような気がする。

『アメリカ論』を書いているうちにアレクシス・ド・トックヴィルの『アメリカにおけるデモクラシー』が読みたくなり、読んでいるうちにベンジャミン・フランクリンの『自伝』が読みたくなる。

それを読んでいるうちにマックス・ウェーバーの『プロテスタンティズムの倫理と資本主義の精神』が読みたくなる。

この「芋づる式読書」は前も書いたけれど夏休みにだけ可能な至福の経験である。

「もしかして、『これ』って、『あれ』かな……」という思いつきで取り出した本には、一〇〇パーセントの確率で、「鍵」になるアイディアがひそんでいる。

今回、マックス・ウェーバーというのはまことに偉大な人だということをあらためて思い知る（今頃思い知るのもどうかと思うが）。

問題を扱うときの「手つき」がすごく丁寧なのである。

「スキーム」がもう用意してあって、それに合わせてデータを切り取るのではなくて、データの整合性が破綻するかすかな「縫合線」のようなところをたどって、それを説明できるような「スキーム」を浮かび上がらせる……という手順をとるのである（そのへんはマルクスにも通じる）。

「資本主義の精神」という歴史的概念について、ウェーバーはそれをあらかじめ一義的に確定してから論を進めることを自制する。

そうではなくて、「資本主義の精神」は、それが歴史的連関の中で「有意」に機能しているような局面をひとつひとつ取り出してゆくプロセスを経て、概念的に把握されるというのである。

不思議な論法だ。

「資本主義の精神」というキータームの定義を確定しないまま、「資本主義の精神」が関与している歴史的現象を研究しようというのである。

凡庸な社会学者なら、「一義的に定義されていない概念を用いて、当の概念の定義を満たすというようなバカな話があるか」と一笑に付すかもしれないけれど、さすがウェーバーは社会学の祖だけあって、器が違う。

でも、ほんとうにそういうものなのだ。世の中というのは。

「なんだかよくわかんないけど、だいたいこんな感じ？」というようなキータームがあって、それで「ざっと」現象をスキャンして、「フックしたデータ」を吟味してゆき、そのデータに基づいて「何を『フック』するようにこの概念は構造化されていたのか？」という問いに遡及的に答えてゆく。

非論理的に聞こえるかもしれないけれど、私たちは日常的にはたしかにそういうふうに推論しているのである。

私たちはコンピュータのやるような「検索」をしているわけではない。

コンピュータの検索は、あらかじめキーワードを正確に入力しておかないと何も探せない。

人間の頭は違う。

「なんだかよくわかんないけど、だいたいこんな感じのもの」というようなアバウトな初期条件の設定でも、ちゃんと「ヒットするもの」にはヒットするのである。そして、ヒットしたデータにもとづいて、キータームの「だいたいこんな感じ」が精密化されてゆく。

ウェーバーはこう書いている。

（……）われわれが今とろうとしている観点が、ここで問題としている歴史的現象を分析するための唯一可能な観点であるというのでは決してない。観点を異にするならば、ここでも別なものが「本質的」特徴となってくることは、一切の歴史的現象の場合と同様である。（……）

それゆえ、このような事情にもかかわらず、本書において分析し且つ歴史的に究明すべき対象をやはりあらかじめ確定しておくべきであるとするならば、その場合問題となりうることは、概念的な定義ではなくて、さしあたりここで資本主義の「精神」とよんでいるものに対する最少限度の暫定的な例示に止まらねばならない。

（マックス・ウェーバー『プロテスタンティズムの倫理と資本主義の精神』、梶山力・大塚久雄訳、中央公論社、一九七九年、一一二頁）

すてきな文章だ。

この「知性の節度」こそ偉大な学者のすべてに通じるものである。

私が「節度」と呼んでいるのは、ここで「最少限度の暫定的な例示」と呼ばれるデータ（ベンジャミン・フランクリンのテクスト）をマックス・ウェーバー自身が「どういう基準で選んだのか」をウェーバー自身は言えないということである。

ここに資本主義の精神を理解する手がかりがある、とマックス・ウェーバーは思った。にもかかわらず、「ふうん、そうなんだ。で、どうして、フランクリンの書いた本の中に鍵があるとあなたは思ったの?」という問いにウェーバー自身は答えることができない。

「知性の節度」というのは、「どうして私はこんなに賢いのか、自分では説明できない」という不能感のことである。

「どうして私はこんなに賢いのか」について得々と理由を列挙できるような人間はたくさんいるが、それは彼らが「理由が説明できる程度の賢さ（というより愚かさ）」の水準にとどまっているからである。

ウェーバーとかマルクスとかフロイトとかレヴィ=ストロースといったレベルの人々は、「自分はどうしてこんなに頭がいいのかわからない」という「不能の感覚」がリアルに実感されるほどに頭がいい（んだと思う、知らないけど、想像するに）。

「最少限度の暫定的な例示」を選んだときに、ウェーバーは結論までの理路を見通した上でフランクリンを引いているのだが、「どうして私は結論までの理路が見通せて、そのためにはここで他ならぬフランクリンを引かねばならないということがわかっているのか」については説明することができないのである。

「私にはそれが説明できるが、なぜ『私にはそれが説明できる』のかは説明できない」

世界史的レベルで頭がいい人が抑制の効いた文章を書くようになるのは、この不能感につきまとわれているからである（と思う。なったことがないからわかんないけど）。

話を戻すけれど、街を歩いていて、「あ、いま、あっちから来る女の子がぼくにとっての一〇〇パーセントの女の子だ」という電撃的確信を得るということは、僕たちのような凡人に一生に何度かだけ例外的に訪れる「ウェーバー的直感」のあらわれではないかと思う。つまり、彼女が「ぼくにとっての一〇〇パーセントの女の子」であることに満腔の確信を僕は抱いているのだけれど、その理由は説明できない。

「説明できる」ということと「確信をもつ」ということは違う次元の出来事である。

「確信」をもっているのは、僕ではない誰かだからである。

僕が街角で一人の女の子とすれちがって、言葉もなくその後ろ姿を見送っているときに、僕は「ナレーション」がかぶさるのを聴く（必ず聞こえるんだ、これが）。

「そのとき僕は生涯最大のチャンスが目の前を通り過ぎてゆくのをじっと見つめることしかできなかった」というふうに。

不思議な経験だ。

でも、このナレーションをつけている、「僕」という一人称で語っているのは「誰」なんだろう？

まるで時空を超越したような俯《ふ》瞰《かん》的視座から僕について語り、僕以外の誰も知るはずのない（どころか僕自身だってよくわかっていない）「僕の内面」をすらすらと説明できる、この「僕」というのは誰なんだ？

サルトルはこういう語り手の位置のことを「神の視点」と呼んだ。

誰を相手の論争においてだったか忘れたけれど、サルトルは小説に「神の視点」を持ち込むべきではない、ということを述べた。

「ジャックはこみあげる嫌悪感を必死で抑えてその場を辞去した。」というような文章が小説の中に出てくるとき、それはいったい「誰」が書いているのか？　小説家は作中人物全員の「口にされない言葉」や「かたちをとらない情動」のようなものを全知全能の神のように熟知しているということでよろしいのか？　全世界を、すべての人間の内奥を一望俯瞰できるような特権的視座を小説家はいかなる権利があって自分に許すことができるのか？

たしかサルトルはそのようなことを言った（と思う。だいぶ昔のことなので、うろ覚えですけど）。

なるほど、とそのときは僕も思った。考えてみれば、小説家がえらそうに「神の視点」から登場人物たちを睥睨《へいげい》し、パペット・マスターのように操るというのは変な話だ。現実には全知全能の書き手なんて存在するはずがないんだから。

というわけで、人々はサルトルにこぞって同意した。文学から「神の視点」を排除せよ。異議なし。

小説家は神の視点に立つことを自制し、登場人物が彼ら彼女らの棲息する虚構世界内部で実際に見聞きできていること以上のことを書いてはならない、ということが以後、不文律となった（はずである）。

それから半世紀経った。ところが作家たちは相変わらず全知全能の書き手が登場人物の内面やまだ起きてないことや登場人物が知るはずもないことをことこまかに描写することを許している。「え、どうしてこの書き方しちゃいけないの？」とびっくりするイノセントな作家たちだっている。

ということは、サルトルの近代文学批判は理論の表層においては整合的であったけれど、現実的ではなかったということである。

どこかに「見落とし」があったのである。

サルトルのように明敏な知性でも見落とすことがあるのだ。

サルトルは、実はもののはずみで全知全能の神の視点からしか見えないはずのものが見えるということがときどき起こり、そのことを僕たちは知っているということを見落としたのである。

ときどき、自分自身をまるで自分が書いている小説の主人公のように感じてしまうことが僕たちの身には起こる。

「一〇〇パーセントの女の子」経験がそうだ。

「僕は生涯で一回かぎりの幸福の機会が逃れてゆくのを、なすすべもなくじっとみつめていた」というナレーションを語っているのは、僕が生まれてからこれまでのすべての経験や感情や思考を網羅的に熟知しており、これから先僕の身に起きることも全部知っている「語り手としての僕」である。

「一〇〇パーセントの女の子」に出会うというのは、別の言い方をすれば、これまで会ったすべての女の子とこれから会うはずのすべての女の子をまとめて比較考量して、彼女がナンバーワンだという判断が下せる「全知全能の僕」に出会うことである。時間と空間の限界を超えて、僕の経験するすべてのこと、僕が経験し損なうすべてのことについての網羅的なリストを持っている「僕」を想定しないかぎり、「一〇〇パーセントの女の子」というワーディングは成り立たない。そして、小説を書くというのは、「四月のある晴れた朝、原宿の裏通りで僕は一〇〇パーセントの女の子とすれ違う」という文章をまるで「僕は原宿の裏通りでビーフ一〇〇パーセントのハンバーガーを食べた」というような文章と同じように書けるということなのである。

小説という形式はもしかすると「今一瞬、私は神の視点から世界を見た」という全能経験を原型にして構築されたものかもしれない。

なんとなくそんな気がする。

近代小説の劈頭《へきとう》を飾るロレンス・スターンの『トリストラム・シャンディ』は、主人公トリストラムの母が夫の精液によって受精する瞬間をトリストラムが「回想」するところから始まる（というか、それさえなかなか始まらない）。自分の誕生に至るいきさつをことこまかに記述しているこの書き手とはいったい誰なのか……という当然の問いを、あたかもそのような野暮な問いを発する人があろうはずもないというようにスターンがきっぱりと無視したときに近代小説は誕生したのである。

近代文学の終焉が繰り返し重々しく告知されながら、なかなか小説は消滅しない。それはたぶんこのような全能感をもたらす装置が小説以外にまだ見つからないからなのではないかと僕は思う。

2005.7.28

あとがき

本書は、私がこれまでに書いた村上春樹関係のテクストのほぼすべてを網羅したアンソロジーである。

パソコンで仕事をするようになってから、こういう作業はたいへん便利になった。ハードディスクの中身を「村上春樹」で検索すると、二〇〇ほどのファイルがわらわらと出てくる。それを順番に読んでいって、その中である程度まとまりのあるコメントを含むものだけを抜き出して、一冊の本にすればよろしいのである。

それにしても、「村上春樹論を単行本で出しませんか」というオファーを頂くまで、自分が村上春樹について本一冊分も書いていたとは知らなかった。

私とて文学研究が本籍地であるから、これまでに作家論を書いたことがないわけではない。アルベール・カミュについては以前にかなり長めの論考を書いたし、高橋源一郎についても請われて書いたことがある。でも、作家論らしきものを書いたのはその二つきりで、あとはわずかばかりの書評しかない。

これほど作家論と無縁な人間なのに、例外的に村上春樹についてだけは膨大な量のテクストを書いていた。そのことを「本になるほどありますよ」とアルテスパブリッシングの鈴木さんに教えられて、はじめて知ったのである。

本書に採録したのは、メディアに寄稿したいくつかを除くと、あとは全部ブログ日記に書いたものである。

ブログ日記のいいところは、字数制限がないので、いくらでも脱線できる点と、途中で話がまとまらなくなったら、そのまま中断しても構わないという点である。だから、本書に収録したテクストの中には果てしなく脱線していったあげくにとうとう「オチ」がつかないままぶつんと終わってしまったものも散見される。

しかし、私はそういう書き方しかできない（とは言わぬまでも、そういう書き方の方がつきづきしい）主題というのも存在するのではないかと思っている。

小説はおそらくそのような例外的な主題の一つである。

小説の中では、物語を完結させてかたちを整えようとするベクトルと、物語の枠組みを解体して混沌のうちに砕け散ろうとするベクトルとが二つながらに働いている。秩序を志向する力と、カオスを志向する力のこのきびしい葛藤のバランスの上におそらく小説は成り立っている。カオスへの誘惑が強いほど、物語の構成はいっそう堅牢で端正になり、秩序への求心力が強いほど、物語は歪んでひび割れを生じる。すぐれた小説は、秩序と無秩序がそのようにあやうく拮抗しており、その緊張感がおそらく読者を魅了するのである。

本書でも繰り返し触れたように、村上作品ではつねに「ありえないこと」が起きる。村上文学に瀰漫《びまん》するこの「ありえなさ」は小説がその誕生の瞬間から身に帯びた本態的性格なのだろうと私は思っている。

「ありえないこと」が起こる。

死者からのメッセージが届き、「かえるくん」が帰宅を待ち、羊男がやってくる。日常的な論理や算盤勘定や処世術では対応しきれないような不条理で破局的な状況に登場人物は投じられる。でも、主人公たちはかろうじてそれを生き延び、読者は安堵の吐息をつく。

私たちが安堵するのは、その「ありえないこと」が私たちの身にも起こりうることだということを実は私たちが知っているからである。私たちはそれを知っている。知らないようにふるまっているだけである。

私たちはふだんは「現実的な小説」と「奇想天外な小説」を大きく二分し

て、「ありえないこと」はありえず、「ありえること」だけがありえるという安全だが退屈な予定調和のうちでまどろんでいる。

すぐれた小説はこの二つをいきなり接合してしまう。

日常性と非日常性が気づかないうちに架橋される、その技巧の妙に作家の才能は発揮される。村上春樹はその技術において天才である。

現実的な小説を書く人はたくさんいる。奇想天外な小説を書く人もたくさんいる。しかし、現実的でかつ奇想天外な小説を書く人はまれである。その中でも村上春樹の才能は突出しているといってよいと思う。

例えば、『世界の終りとハードボイルド・ワンダーランド』では、現実的な設定の中で起きる非日常的な事件と、幻想的な設定の中でおきる日常的な事件が交互に描かれる。

あれは「現実的な世界の物語（ハードボイルド・ワンダーランド）」と「幻想的な世界の物語（世界の終り）」をばらばらに書いて、あとでつなぎ合わせたのですかという質問に対して、村上はこの作品はシーケンシャルに、読者が読む順序通りに書いたと答えている。

それは、一方の世界では「記号士」や「やみくろ」が暗躍し、一方の世界では一角獣の頭骨が光を発するこのぜんぜん関係がないように見える話が、書き手である村上春樹の中では「大きな一つの物語」の二つの相として統合されていたということを意味している。

作家自身がこの二つの物語を統合するより大きな世界についてのたしかな手応えを感じていなければ、違う二つの話をシーケンシャルに書くことはできない(あらゆる「グランドホテル形式」の物語がそうであるように)。

この「より大きな世界」について村上春樹は直接には書かない。というより、彼が書くすべての物語はこの「より大きな世界」についての断片的な証言をなしているというふうに言うこともできる。たぶん、その言い方の方が理解しやすいだろう。

この「より大きな世界」は物語の中ではつねに欠如態としてしか現れない。それが直接名指されることは決してない。けれども、読者は村上作品を読み進むにつれて、この欠如が私たち自身に欠如している当のものであることを感じ取るようになる。

私たちは存在するものを共有するのではない。あるものを所有できないという事態を共有するのである。この不能において人間は空間と時間を超えて結ばれる。

そして、そこに存在しないものを「それはそこに存在しない」と読者に実感させるためには技術が要る。

ほんらいなら繋がりのあるはずのない一つの世界と別の世界が架橋されたときにはじめて、そこにはそれ以外の方法ではその欠如を窺い知る機会のなかった巨大な空隙があるということがわかる。村上春樹の世界性を担保しているのはこの何かが欠けていることを感知せしめる卓越した技術である。

これが本書の論考を通して達した私のとりあえずの結論である。


テクストの校訂について、ひとことだけ付け加えておく。各テクストには文末にとりあえず初出の日付と媒体名を記してあるが、実際にはかなり加筆訂正しているので、中にはオリジナルと似ても似つかぬものもある。だから、実を言うと初出情報にはあまり意味がない。それどころか、その初出さえ不明のものもあるが、これは私が記録を取り忘れたためである。ご存じの方がいればぜひ示教を乞うのである。


村上春樹論をまとめるという望外の機会を提供してくれたアルテスパブリッシングの鈴木茂さんと船山加奈子さんのお二人に深く感謝する。

村上春樹の読み方について多くの示唆をたまわった加藤典洋さんと柴田元

幸さんへのお礼を忘れることはできない。

最後に、久しくスリリングな読書の機会を与えてくれ続けた村上春樹氏ご本人にも心からのお礼を申し上げたい。もっともっと書き続けてくださいね。

二〇〇七年七月十九日

内田　樹

内田 樹（うちだ・たつる）
一九五〇年東京生まれ。東京大学文学部仏文科卒。神戸女学院大学文学部教授。専門はフランス現代思想、武道論、映画論。著書に『街場の中国論』（ミシマ社）、『逆立ち日本論』（新潮選書・養老孟司との共著）、『狼少年のパラドクス』（朝日新聞社）、『下流志向』（講談社）、『東京ファイティングキッズ・リターン』（バジリコ）、『身体を通して時代を読む』（同・甲野善紀との共著）ほか多数がある。『私家版・ユダヤ文化論』（文春新書）で第六回小林秀雄賞を受賞。

ARTES
www.artespublishing.com

村上《むらかみ》春樹《はるき》にご用心《ようじん》

二〇〇七年十月九日　初版第一刷発行
二〇〇七年十一月十日　初版第三刷発行

著者……内田《うちだ》樹《たつる》

発行者……鈴木　茂
発行所……株式会社 アルテスパブリッシング
〒二〇六-〇八二四
東京都稲城市若葉台三-一-一　B三〇八
TEL　〇四二-三一三-二五四五
FAX　〇四二-三一三-二五四四
郵便振替　〇〇一四〇-一-六一五五二八

印刷・製本……太陽印刷工業株式会社
イラスト……フジモトマサル
装丁……岩郷重力
ISBN978-4-903951-00-3　C0095　Printed in Japan